"그러고 보니 선배, 올 여름에
어디 놀러 가거나 해요?"

"으응? 나?
그야 물론,

장난 아닌 수영복을 입고서
바다로 뛰쳐나가
여대생답게 헌팅을 당해야지."

워터파크에서의 의붓 여동생

요즘은 일기를 쓰는 게 조금 무섭다.

매일 있었던 일을 돌아보고 정리할 때, 머릿속을 차지한 아사무라 군의 비율이 너무 늘고 있어.

처음 만난 이성과 동거하면서, 되도록 상대를 알려고 노력한 게 안 좋았던 것 같아.

식사 취향이 나랑 전혀 다를 거고, 생활습관이나 가치관도 달라서,

어디에 지뢰가 있을지 알 수가 없어.

되도록 실례가 되지 않도록, 엄마가 겨우 얻은 행복을 망가뜨리지 않도록……

그걸 위해서 새로운 가족에 대한 것도 알려고 노력한 게 시작이었다.

깨닫고 보니 계속 그에 대한 생각만 하고 있어서,

그의 상냥한 부분을 매일 발견하고 있었다.

다음에는 어떤 부분을 보여주는 걸까? 그렇게 기대하는 내가 있었다.

……그런 건 하지 말자고, 처음에 약속했을 텐데.

지금은 아직 괜찮다. 나는 감정을 숨기는 게 특기니까.

중학교에 간 뒤부터는 아무리 쓸쓸해도 엄마한테 「일하러 가지 마」라고 울먹이지도

않았다.

내 마음만으로 끝나는 문제였다면, 아마 아무 일 없이 매일을 보낼 수 있을 거야.

하지만, 만약 아사무라 군이 만에 하나라도 나에게 나와 같은 ~~감정~~을 나에게 품는다면,

나는 내 ~~감정~~을 계속 숨길 수 있을까?

……무리일지도 몰라. 나는 그 정도로 내 마음이 강하다고 생각하지 않아.

어떻게든 선을 그어야 해.

그렇지. 아사무라 군은 나에게, 인생에서 처음으로 ~~~~~

의매생활

Days with my Step Sister

3

저자
미카와 고스트

일러스트
Hiten

옮긴이
박경용

"전 인류가 드라이하게
지낼 수 있으면
편할 텐데.
나랑 아사무라 군
처럼."

아야세 사키

고등학교 2학년. 부모의 재혼으로
유우타의 의붓 여동생이 된다.
화려한 차림이라 불량 학생으로
오해받고 있으며, 반에서도 붕 뜬
느낌이다.

"오~! 소문으로
들은 오빠다!
정말로 옆 반의
아사무라네~!"

나라사카 마아야

사키의 같은 반 친구.
언제나 활기차고 남을 챙겨주
기 좋아하며, 고립된 사키를
보다 못해 귀찮게 달라붙다
보니 친구가 됐다.

"은혜를 베풀어두면
나중에 돌려받을 수
있을지도 모르잖아.
Win—Win이야."

아사무라 유우타

고등학교 2학년. 부모의 재혼으로
사키의 의붓 오빠가 된다. 어쩐지
남과 거리를 두고 있다. 활자 중독
수준으로 책을 좋아한다.

마루 토모카즈

유우타의 같은 반 친구. 유우타에게는 거의 유일하다고 할 수 있는 학교의 친구. 야구부원이며 오타쿠이기도 하다.

"아빠, 결혼하기로 했다."

아사무라 타이치

유우타의 친아버지이며 사키의 의붓 아버지. 전처와 여러 일이 있어 이혼하고, 아야세 아키코와 재혼한다. 유우타, 사키와의 관계는 양호.

"여동생이 생겼잖아? 이 오빠 녀석아."

"언제나 고마워어. 정말, 우리 후배는 듬직하네에."

"우후훗. 타이치 씨에게 이야기는 들었지만, 정말로 의젓하네."

요미우리 시오리

대학생. 유우타가 아르바이트를 하는 서점의 선배 알바생. 참견쟁이 선배로서 유우타와 「여동생과의 관계」를 응원해준다.

아야세 아키코

사키의 친어머니이며 유우타의 의붓 어머니. 전남편과 이혼한 뒤, 열정적으로 일에 힘을 쏟아 재혼할 때까지 혼자서 사키를 키웠다.

Contents

Days with my Step Sister

나와 그녀의 관계는 심플하다.

다만, 우리들의 「마음」이 그것을 복잡하게 만들고 있다.

여름 방학이 시작되고 한 달이 흘렀다.

그러니까 나— 아사무라 유우타에게 아야세 사키라는 의붓 여동생이 생긴 뒤 맞이한 첫 장기휴가가 끝나가고 있다는 것이다.

아야세 양은 나와 같은 스이세이 고등학교 2학년이며 16살. 학교 안에 소문이 날 정도로 빼어난 미소녀다. 말이 여동생이지, 생일은 불과 1주일밖에 차이 안 난다.

이럴 때 세간에서는 일반적으로 어떤 일이 일어나리라 기대할까?

부모들끼리 재혼으로 남매가 된 나와 아야세 양은, 둘 다 한창 사춘기의 남녀이며 한 지붕 아래서 매일 마주치고 있다.

그런 두 사람이 맞이한 첫 여름 방학…….

이야기 속에 흔히 등장하는 의붓 남매였다면, 정석이라 할 수 있는 이벤트가 잔뜩 있었을 거라고 단언할 수 있다.

워터파크에 바다에 여름 축제.

함께 놀러 가고, 친교가 더욱 깊어지고, 심박수가 빨라지는 일이 한두 번쯤 일어나는 법이다. 당연히 그렇게 된다. 그렇게 되어야 한다. 이야기의 세계라면 독자도 그것을 기대하는 법이니까.

그러나 현실은 끝없이 리얼하며, 픽션이 아니었다. 나와 아야세 양 사이에서 그런 들뜬 이벤트는 일절 일어나지 않았다.

다만, 둘이 보내는 시간은 방학 전과 비교해서 틀림없이 늘어났다.

왜냐하면—

"수고하셨습니다, 아사무라 **씨**."

"수고하셨습니다, 아야세 양."

얼굴을 마주보고, 마치 이제 막 알게 된 사람마냥 서로를 불렀다.

나와 그녀는 지난 한 달 동안, 같은 시간에 같은 곳에서 아르바이트를 했다.

●8월 22일 (토요일)

여름 방학이 후반에 접어든 토요일 아침. 창밖에선 매미가 시끄러울 정도로 울고 있었다.

아침 식사인 계란프라이를 젓가락으로 찌르면서, 나는 문득 생각했다. 여름 방학의 주말은 휴일에 휴일이 겹치는 날이다. 어쩐지 손해 본 기분이 든단 말이지.

이 40일 사이에 존재하는 주말을 전부 여름 방학이 끝난 뒤로 옮겨주면 안될까?

그렇게까지 무모한 소원은 아닐 거라고 생각한다. 휴일이 일요일에 겹치면 월요일로 옮겨주니까, 여름 방학 기간의 주말─은 욕심이 과하다면, 하다못해 일요일만이라도 여름 방학이 끝난 다음으로 옮겨줄 수 있을 거다. 그렇지 않을까?

나는 초등학생 때부터 느끼고 있던 그 마음을, 식탁에서 화제로 삼아봤다.

"벌써 한 달이나 쉬고 있는데 거기서 더 쉬다니, 뭐 하고 싶은 일이라도 있니?"

아버지가 기가 막힌다는 표정으로 말하기에, 나는 젓가락을 멈추고 생각에 잠겼다.

"……아니, 딱히 없는데."

"그럼 뭔데."

"어쩐지 모르게 손해 보는 기분이 든단 말이야."

"젊구나~."

"이 화제에 젊음은 상관없는 것 같은데."

"나 정도 나이가 되면, 막상 휴일이 뚝 떨어져도 딱히 하고 싶은 일이 떠오르질 않는다고."

"아버지. 아키코 씨 앞이잖아……. 가족에게 서비스를 한다거나, 그런 재치 있는 말은 못해?"

"우후후. 유우타는 재치가 있구나. 타이치 씨랑 다르게."

아버지의 맞은편에 앉아서 고상한 동작으로 계란프라이를 먹던 아키코 씨가 그렇게 말했다.

2개월 전에 아버지와 재혼한 아키코 씨는 다시 말해서 나에게는 의붓 어머니가 된다.

아키코 씨는 바에서 바텐더로 일한다. 그래서 저녁에 출근해 심야에 귀가하는 일이 많았다. 한편 아버지는 평범한 샐러리맨이니까, 아침 일찍 나가고 귀가는 그렇게 늦지 않는다.

신혼인데도 휴일이 아니면 자주 서로 엇갈리는 부부였다.

그래서 나는 이렇게 아버지와 아키코 씨가 마주앉아 아침 식사를 하는 걸 보면, 「아아, 오늘 휴일이었지」 하는 생각을 강하게 느낀다.

"하지만, 유우타. 다 생각하기 나름이거든?"

"생각하기 나름, 인가요?"

"예를 들어서, 오늘은 토요일이라 휴일이지만 여름 방학인 유우타한테는 평소와 다를 바 없는 평범한 날이잖아?"

아키코 씨의 물음에 나는 순순히 고개를 끄덕였다.

여름 방학 같은 긴 휴가 기간에는 분명히 요일의 개념이 흐려지는 경향이 있다. 7월 말이라면 또 모를까, 벌써 한 달이나 이 생활이 이어지고 있으니 더욱 그렇다.

"그렇지만, 사실 평일이 아니라 오늘은 토요일. 유우타는 여전히 아르바이트를 하고 있지?"

"네. 오늘도 이제부터 풀타임으로 일하니까 오전에 나가요."

"수고가 많네. 그래서 말이야, 어제랑 똑같이 오늘도 출근을 하잖아?"

"네."

"하지만 오늘은 토요일이니까, 출근하면 휴일 수당을 받아서 급료가 오릅니다! 굉장하지!"

아키코 씨가 목소리를 드높이며 선언했다.

"어. ……음?"

"평범한 날이라고 느끼면서도, 평소보다 급료를 많이 받을 수 있는 거야. 이건 굉장히 이득이지 않니?"

"아, 네. 그런……가?"

"여름 방학의 주말이 주말이 아니게 되면, 휴일 수당이 안 나온다니까. 그렇게 생각하면, 지금 여름 방학의 모습이 제일이지."

그 말을 들으니, 어쩐지 이득인 것 같아졌다.

미묘하게 논리에 모순이 있을 텐데, 다른 뜻이 없어 보이는 그녀의 천연덕스러운 목소리를 듣다 보니 정말 뇌가 믿어버릴 것 같아진다.

"하아. 아사무라 군, 지금 속고 있어."

그때까지 젓가락만 움직이고 있던 아야세 양이 못 견디게 됐다는 것처럼 끼어들었다.

"역시 그런 거지?"

"응. 그 논리에 따르면, 어제까지 아사무라 군은 평일의 급료로 휴일 출근을 한 거라고 생각할 수도 있잖아."

"아아…… 그렇구나."

아야세 양의 지적은 이런 거다. 여름 방학의 평일은 「평범한 날」이 아니고, 애당초 「휴일」이니까. 그런 관점에서 보면, 이득은커녕 7분의 5 정도 손해를 보게 된다.

간단히 납득해버릴 뻔한 이유는 저거다. 아키코 씨가 대화 처음에 여름 방학의 토요일은 평소와 다를 바 없는 평범한 날이잖아, 라고 말한 것으로 내가 토요일을 「평범한 날」이라고 정의를 내렸기 때문이다. 무시무시한 사고 유도다.

"조심해. 엄마는 사기꾼이 될 수 있는 타입이니까."

"어머, 사키가 너무해. 엄마한테 무슨 말을 그렇게 하니?"

"딸이니까 정체를 아는 거야. 그럴 마음만 먹으면, 남을 속이는 것도 식은 죽 먹기라니까."

"기억나네. 아키코 씨는 내가 아무리 풀이 죽어 있어도, 언제나 참 능숙하게 격려해 줬거든."

아야세 양의 말을 받아서 아버지가 말했다. 참으로 태평한 어조였지만…… 아버지? 지금 대화의 흐름에서 그런 말을 하면, 자기가 홀라당 속아넘어갔다는 의미가 되지 않아? 기쁜 기색으로 말해도 되는 거야?

그러나 분명히 눈앞의 여성은 시부야의 번화가에서 바텐더로 오래 일한 접객의 프로다. 나나 아버지 정도는 손바닥 위에서 가지고 놀 수 있겠지.

그건 그렇다 치고.

"휴일에 일하게 된다고 생각하면 괴롭지만, 평소처럼 알바를 하기만 해도 어째서인지 조금 급료가 오른다고 생각하는 게 정신적으로 좋을 것 같아요. 그렇게 생각해두기로 할게요."

내가 그렇게 말하자, 아키코 씨가 부드럽게 웃었다. 그러면서 그녀는 가녀린 손을 내밀면서 말했다.

"유우타. 된장국, 더 먹을래?"

"네, 부탁할게요."

"아, 내가 담을게. 마침 나도 더 먹고 싶었어."

아키코 씨보다 먼저 아야세 양이 일어서더니 재빨리 내

그릇을 가로챘다.

"고마워."

"천만에요."

"사키. 나도 부탁할 수 있을까?"

"아, 네."

아야세 양은 국자를 든 채 돌아보며 아버지의 빈 그릇을 받았다. 그대로 물 흐르듯 자연스러운 동작으로 그릇을 쟁반 위에 올리더니, 인덕션 히터의 스위치를 켜고 국자로 술술 된장국을 휘저어 섞었다. 국에 열을 가해 데우고 끓기 전에 전원을 끄더니, 다시 한번 가볍게 젓고서 각자의 그릇에 담았다.

"고마워, 사키."

"이 정도는, 별것도 아니에요. 자, 아사무라 군."

"고마워, 아야세 양."

마지막으로 자기 앞에 그릇을 두고, 아야세 양은 다시 자리에 앉아 식사를 재개했다.

"여전히 사키의 된장국은 맛있네."

아버지가 눈웃음을 지으며 기쁜 기색으로 말했다.

휴일의 아침 식사는 아키코 씨와 아야세 양의 합작이지만, 된장국은 오늘도 아야세 양 담당이다. 오늘의 메뉴는 정석중의 정석인 대파와 유부튀김 된장국이다. 유부튀김은 국물을 빨아들여서 부드럽고, 파는 아삭아삭해서 식감의 차이가 즐겁다.

"응. 아야세 양의 된장국은 오늘도 맛있어."

"……고마워, 아사무라 군."

아야세 양이 망설이듯 뜸을 들이고서 말했다. 그런 그녀를 보고, 아키코 씨가 방긋 웃었다.

"우후후. 둘의 사이가 참 좋아졌네."

"그렇네."

눈을 마주 보며 미소 짓는 아버지와 아키코 씨. 몇 초 듬뿍 시간을 들여 눈을 마주친 두 사람을 보면서 나는 안심했다. 나한테 어린 시절 식탁의 기억 따위는 서로 고함을 치거나 조용하더라도 삐걱대는 대화, 그리고 차가운 식사뿐이었다.

하지만 지금은 어떤가. 현재 눈앞에 있는 것은 설탕을 토해버릴 법한 달콤한 말을 나누는, 잉꼬부부의 모습이다. 둘이서 한 번에 놀리면 낯간지러움을 느끼지만, 이건 참을 보람이 있다. 아야세 양도 못 말리겠단 표정을 짓지만 자리를 뜨지는 않으니까, 나랑 같은 기분이 아닐까?

"하지만 유우타도 사키도, 아직 성으로 부르는구나."

문득 아버지가 조용히 중얼거렸다.

아키코 씨도, 힐끔 아야세 양을 보았다.

"아직 이름으로 부르는 건 부끄러워? 『유우타 오빠』 같은 걸로 괜찮잖아?"

호오. 나는 아키코 씨의 제안에 마음속으로 감탄해 버렸다. 이것이 경험의 차이란 건가? 달콤한 목소리로「오빠야♡」라고 부르는 건 도무지 상상할 수 없지만,「유우타 오빠」정도라면「유우타 씨」라고 부르는 거랑 그다지 다르지도 않다. 그리고 남매─답다는 느낌이 든다. 여동생이 있어본 적 없으니 그냥 그렇지 않을까 하는 느낌에 지나지 않지만, 참 알맞은 호칭이 아닐까?

　그렇지만, 아야세 양은 그런 아키코 씨의 말에 조용히 고개를 옆으로 저었다.

　"딱히 부끄러운 건 아닌데. 뭔가 입에 딱 붙질 않는 것 같아서……."

　"그래?"

　"응."

　"뭐, 그렇네.『아사무라 군』이라면, 헷갈리지도 않으니까."

　"헷갈려요?"

　자연스러운 아키코 씨의 말에 뭔가 걸리는 것이 있어서 고개를 갸웃거리는 나한테, 옆에서 아버지가 끼어들었다.

　"사귈 때까지, 아키코 씨는 나를『아사무라 씨』라고 불렀거든. 집 안에서는 말이다. 사키는『아사무라 씨』라고 하면 나고,『아사무라 군』이라고 하면 유우타로 나누어 인식하는 게 알기 쉬울 거라고 생각해."

　아버지의 말 후반은 듣고 있지 않았다.

나는 중간부터 아, 하고 무심코 입을 둥글게 벌린 채 굳어 버렸다.

생각해 본 적도 없었다. 그야 그렇지. 당연하다. 친한 사이에도 예의는 지켜야 하는 법이다. 하물며 손님이니까, 접객업의 베테랑이 갑자기 「타이치 씨」라고 이름을 부르면서 거리감을 확 좁힐 리가 없지.

공공도가 높은 장소에서는 「씨」를 붙이는 게 가장 포멀하다고 현대 일본에서는 인식되고 있기에 필연적으로 성에 씨를 붙여서 부르게 된다— 어, 잠깐만?

"어— 그러면, 아버지도 사귀기 전에는 아키코 씨를……."

"그야, 아야세 씨라고 불렀지. 당연하잖아?"

"이름으로 부르는 데까지 굉장히 시간이 걸렸어, 이 사람."

"아하핫. 쑥스러운걸."

얼굴을 붉히고 볼을 긁적이는 아버지. 뒤늦게 찾아온 사춘기의 한 장면인가? 그 표현밖에 어울리지 않는 모습이군. 보고 있는 이쪽까지 간질간질해지니까 보기 안 좋아.

휴일 아침부터 신혼부부의 애정과시라니. 하지만 이런 게 행복한 가정이란 거겠지.

문득 고개를 들어 아야세 양을 보았다. 그녀는 눈썹을 조금 모으고 난처한 표정을 보이고 있었지만, 금방 평소의 표정으로 돌아와 식사를 재개했다.

덕분에 나도 평정을 되찾을 수 있었다.

고마워, 아야세 양.

식사가 끝나고, 나는 커피를 컵에 따라서 각자 앞에 놓았다.

식사 준비를 전부 맡기고 있으니, 이 정도는 하는 게 당연하지.

아버지랑 아야세 양은 블랙이지만, 아키코 씨는 거기에 우유를 살짝 더하듯이 넣어 마신다. 나는 우유를 작은 병에 나눠 담아 그녀 쪽으로 쓱 밀었다.

"고마워, 유우타."

"천만에요."

참고로 나는 그때마다 기분에 따라 꽤 적당히 타서 마신다.

커피라고 하니까 말인데, 지난 한 달 동안 우리 집에서 커피는 브라질 산토스나 블루마운틴 블렌드 중 하나로, 집중력을 높이는 향이라고 한다. 이런 건 어디서 들었는지, 아버지가 대량으로 구입했다. 한 달 전 아야세 양의 재시험 때였는데, 아직도 남아 있어서 지금도 이렇게 마시고 있었다.

내가 여름 방학 숙제를 재빨리 끝내버린 것은, 방학 내내 알바를 하게 된다는 걸 알고 있었기 때문이었을까? 아니면 아버지가 사둔 이 커피 덕분이었을까?

"하지만 설마 사키가 유우타랑 같은 곳에서 알바를 할

줄은 몰랐어~."

"그 얘기 벌써 몇 번째야, 엄마?"

"그야 뜻밖이었는걸?"

"첫 알바잖아. 가까운 사람한테 일을 배우면 효율적으로 배울 수 있고. 책도 읽고 싶었고, 조금 더 현대문학 점수를 올리고 싶었어. 그것뿐이야."

딸의 첫 알바에 대해 아키코 씨가 신기하게 생각하고 아야세 양이 그렇게 대답하는 문답도, 여름 방학이 시작되고서 벌써 세 번째인가 네 번째쯤 된다.

아키코 씨는 신기하게 생각하는 모양인데, 아야세 양으로서는 방학 전 현대문학 재시험의 영향이 상당히 컸던 모양이다.

『단기간에 간단하게 돈벌이가 되는 것』을 목표로 했던 아야세 양이 설마 고생에 비해 벌이가 시원찮은 서점 알바를 하다니, 나도 신기하다고 생각했다. 나처럼 책벌레 타입도 아닐 텐데.

그래서 여름 방학이 시작되기 전날, 알바하는 서점에서 힐끔 아야세 양의 모습을 봤을 때 나는 눈을 의심했다. 그때까지 그녀가 알바를 하고 싶다거나, 알바를 하겠다는 얘기를 못 들었으니까.

왜 말을 안 했는지 바로 확인하고 싶었다. 그러나 일하다가 중간에 빠져나갈 수도 없으니, 일을 하면서도 머릿속에는 물음표가 춤을 춰대고 있었다. 그렇게 참은 것치고는 귀가하고 나서 금방 가르쳐줬기에 맥이 빠져 버렸지만.

왜 사전에 상담하지 않았는가? 이 물음에 대한 아야세 양의 대답은 아주 단순했다.

『모집 공고에 지원했다가 떨어지면 창피하니까.』

드라마성이라곤 한 조각도 없는 이유였다.

뭐, 간단해 보이는 알바 면접에 떨어지면 창피하다. 그 마음은 나도 잘 안다.

커피를 느긋하게 마시면서, 나는 아야세 양에게 『내일부터 아사무라 군이랑 같은 곳에서 알바해』라고 들었던 그날 밤을 떠올렸다.

"하지만, 둘 다 그렇게 일만 해서 괜찮니?"

"걱정 안 해도 여름 강습도 듣고 있어. 내 일은 내가 알아서 한다니까."

2학년이면 수험의 존재를 의식하지 않을 수가 없다. 특히 내가 다니는 스이세이 고등학교는 도내에서도 손꼽히는 입시명문이며, 친구인 마루 토모카즈처럼 부 활동에 힘을 쏟는 학생들 말고는 모의고사나 여름 강습에 대한 화제가 많이 들린다.

참고로 아야세 양은 여름 강습에 참가 안 한다.

유명한 학원이 주최하는 건 어느 정도 목돈이 필요하기도 해서, 수강하려면 집의 저금을 써야 했기 때문이다. 그 정도 여유는 있다고 아버지가 열심히 그녀를 설득했지만, 결국 아야세 양의 완고함 앞에서 꺾이고 말았다.

어디까지나 독학으로 유명 대학에 들어가는 것을 목표로 하며, 매사에 타협하지 않고 어리광도 일절 부리지 않으니 아야세 사키란 인간의 기골을 존경하지 않을 수 없다.

"여름 강습? 아아, 그건 아무래도 좋은데 말이다."

아버지가 신뢰(라고 믿고 싶다)하는 자식의 성실한 공부 자세를 가볍게 흘려버리더니, 삐딱한 걱정을 했다.

"유우타도 사키도 여름 방학에 어디 놀러 갈 낌새가 없잖아."

"그쪽이었어?"

나도 아야세 양도 거의 매일 바쁘다. 덕분에 오늘처럼 가족이 단란하게 보내는 날도 손에 꼽을 정도밖에 없었다.

그렇지만 부모로서 공부 이야기를 제쳐두고 꺼낸 주제라고 생각하기 어려운데. 아버지는 매우 진지한 눈으로 말을 이었다.

"중요한 일이야. 어른이 되면 좀처럼 놀 시간을 만들 수 없거든. 학교의 친구들과 새콤달콤한 청춘은 지금만 누릴 수 있는 보물이야."

"방금 전에 현재진행형의 청춘을 구경한 것 같은데……."

"우리는 어른의 연애 아니냐."

애들과 어른의 차이는 무엇일까? 아버지 부부를 보고 있자니 그런 철학적인 질문이 떠올라 버린다. 의외로 그냥 우기면 이기는 세계가 아닐까?

"고등학생이라면 말이다. 좀 더 저기, 어디 여행을 가거나, 축제에 가거나. 놀고 싶다거나. 뭐 그런 생각을 하는 거 아니니?"

"그럴 때 부모라면 놀기만 해도 되는 거냐고 말해야 되는 거 아냐? 그리고 알바는 반쯤 놀이처럼 즐기고 있어."

기가 막혀 답하자, 아버지가 고개를 옆으로 저었다.

"즐긴다고 해도 알바는 알바. 결국 일이지 놀이가 아니잖아?"

"그거야, 뭐 그렇지만……."

그러나 고교생이 여름 방학에 하는 알바는, 세상 어른들이 보면 노는 것처럼 보이는 거 아닐까? 그런 뉘앙스로 말하는 어른이 있는 것을 나는 알고 있다.

그러나 이 아버지는 그렇지 않은 모양이다.

"3학년이 되면 수험에 집중해야 하니까, 조금 더 놀아도 된다고 생각한다."

"그러네. 사키도, 조금 너무 노력하는 구석이 있으니까 걱정이야."

두 분이 세간과는 다른 방향의 걱정을 나란히 시작했다. 어렴풋이 눈치를 챘는데, 이 부부는 상당히 닮은꼴이란 말이지.

"그리고 친구들도, 유우타랑 못 놀아서 쓸쓸할지도 모르잖냐."

친구, 라…….

아버지의 말에 반응해서 내 뇌리에 떠오른 것은 안경을 쓴 근육남의 모습이었다.

"말이야 그런데, 쓸쓸해할 친구가 애당초 적어. 그 몇 안 되는 친구는 지옥 같은 부 활동에 빠져 있고……."

아버지의 말에 내심 쓴웃음을 지으며 대답했다.

절친인 마루 토모카즈는 야구부 소속의 2학년이자 1군 포수였다. 여름 방학이라도 연습이 없는 날이 없다. 역으로 합숙도 있고, 다른 현까지 나가서 연습 시합까지 한다. 당연하지만 나랑 놀 시간도 여유도 없었다.

『방학은 고맙지. 수업이 있는 날보다 연습할 수 있으니까!』

웃음기 없이 이런 말을 하는 녀석이니까 2학년이면서 1군이 되는 거겠지.

마루의 말을 떠올리면서, 나는 아야세 양 쪽을 살폈다.

"나는 그렇다 치고, 아야세 양의 친구는 적극적으로 놀러 가자고 할 것 같은데."

"그럴 예정은 없어."

내 생각은 가볍게 부정당했다.

내가 아는 아야세 양의 친구는 나라사카 마아야 양인데, 그녀는 마루와 달리 부 활동 지옥에 빠져 있단 얘기를 못 들었다. 그리고 나라사카 양은 남을 잘 챙겨주며, 아야세 양을 특히 신경 쓰는 것처럼 보였다. 그런 그녀가 긴 여름 방학에 아무 말 없을 것 같지 않았다.

너무나 자연스럽게 흘려버려서 더 이상 물어보지는 못하겠네. 조금 신경 쓰였지만 그 자리에선 그대로 대화가 끊어져 버렸다. 그러나 나중에 방에서 알바 준비를 하고 있자니 노크 소리가 들렸다.

문을 열었더니, 아야세 양이 입을 열자마자 자연스럽게 말했다.

"마아야 말인데, 신경 쓰지 마. 여름 방학에 놀러 다니는 사이는 아니니까. 아사무라 군도, 그렇게 알아줘."

나는 말문이 막혔다. 기분이 틀어진 건가 싶을 정도로 무뚝뚝하게 말하기에, 사고가 얼어붙어 버렸다.

"기다려, 아야세 양."

"……왜?"

그대로 몸을 돌려 자기 방에 돌아가려는 아야세 양을 나는 반사적으로 불러 세웠다.

불러 세우긴 했는데 이어지는 말이 안 나왔다. 뭐가 내 마음에 걸린 거지? 스스로도 말로 표현하기 어렵지만, 그녀의 태도에서 어쩐지 위태로움을 느꼈다. 이런 내 직감은 대개 들어맞는다. 이걸 간과하는 건 상책이 아닌 것 같았다.

엇갈림의 싹은 일찍부터 솎아내는 게 좋다.

친구라고 해서 휴일에 반드시 놀러 갈 필요는 없고, 아야세 양이 노는 것보다 자기연마에 시간을 쓰는 타입이라는 건 3개월이나 한 집에서 산 나도 잘 알고 있었다.

그렇지만 그녀는 타인과 전혀 교류하지 않는 것이 아니다. 나라사카 양이 하교 도중 우리 집에 들렀을 때는 나도 포함해서 셋이 게임을 하며 놀았고, 공부를 가르쳐주러 왔을 때는 덤으로 저녁 식사 준비까지 도와주었다.

그걸 생각하면, 아야세 양과 나라사카 양의 거리가 갑자기 멀어져 버린 것 같다고 느꼈다.

"미안해."

"어?"

불러 세운 주제에 생각에 몰두하던 나는 급하게 고개를 들었다. 아야세 양은 조금 표정을 누그러뜨리며 말했다.

"딱히 화난 것도 아니고, 기분이 틀어진 것도 아냐. 신경 쓰였다면 미안해. 하지만, 마아야랑 애당초 그렇게 놀러 다니는 게 아닌 것도 사실이야."

"몇 번인가 우리 집에 왔었잖아."

"그거야 아사무라 군에게 흥미진진했으니까. 아니면 요전처럼 내가 불렀을 때라든가. 걔는 남을 잘 챙기니까."

그러고 보니 나라사카 양은 남동생이 잔뜩 있다고 했었지.

그녀는 나나 아야세 양 같은 외동과는 달리, 남을 보살피는 습성이 있는 걸지도 모르겠다.

"반대로 말하면 먼저 안 부르면 그걸로 끝. 서로서로."

"아~. 어느 정도 이해는 될 것 같아……. 나도 그렇게 남이랑 사이좋게 놀러 다니는 타입이 아니니까."

"고독을 즐기는 편이야?"

"고독한 편이 좋은 것…… 같네."

혼자서 노는 게 특기인 타입이라고 할까? 마음만 먹으면 몇 시간이라도 혼자 지낼 수 있고, 고통스럽지도 않다. 오히려 타인과 있으면 마음고생을 하고 만다. 어렸을 적, 가장 가까이 있던 사람이 시도 때도 없이 기분이 틀어져서 지냈으니까. 나는 집 안에 있어도 언제나 그녀의 기분이 상하지 않도록 긴장하고 있어야 했다.

나에게 가정이란 편안한 곳이 아니었다. 내가 도망치듯 독서에 몰두하게 된 것은 그래서였을까?

혼자서도 괜찮다, 가 아니다.

혼자인 게 오히려 — 솔직히 말해서 — 마음이 편하다.

"아사무라 군도 그렇구나. 그래. 그럼 이 얘기는 이걸로 끝. 그러면 되겠네."

"응."

"나는 이만 알바 준비하러 갈게. 그리고 오늘은 조금 들를 곳이 있으니까 꽤 먼저 나갈 거야."

"알았어."

나는 고개를 끄덕였다. 그러나 위화감은 사라지지 않았다.

아야세 양의 언동이 거짓말…… 이라고 할 수는 없다. 그래도 어딘가 이상했다. 그녀가 자기 방에 돌아간 뒤에도 나는 잠시 그 꾸물꾸물한 감정의 정체에 대해 생각을 계속했다. 그리고 문득 한 가지 생각에 이르렀다.

왜 아야세 양은, 굳이 내 방까지 찾아와서 나라사카 양과 여름 방학에 놀러 가는 일은 없다고 못을 박으러 온 거지?

점심이 되기 전에 나는 집을 나섰다.

오늘은 오후 일찍부터 밤까지 근무다.

주차장 구석에 자전거를 세우고 시간을 확인하자, 아직 근무 시작 시간까지 30분 정도 여유가 있었다.

"그래도, 어디 들를 정도의 시간은 없네……."

결국 매장을 둘러보며 시간을 때우기로 해, 일반 손님과 같은 입구로 들어갔다.

서점이라는 것은 어디든 비슷한 구조였다.

들어가자마자 가장 눈에 띄는 곳에 수평 진열대가 있고, 신간이나 화제가 되는 책이 표지를 보이며 산처럼 쌓여 있었다. 언뜻 보면 그냥 지나치는 손님이 많은 것처럼 보이지만, 그것은 왕래가 잦은 장소라 그렇다. 지금도 샐러리맨으로 보이는 40대 중반 정도의 남자가 진열대에 힐끔 시선을 보내고서 스포츠 잡지 코너 쪽으로 걸어갔다. 그 짧은 시간 동안 시선을 보내기만 해도 전시를 한 충분한 가치가 있는 것이다.

가게 입구가 하나밖에 없는 경우, 그 근처에 계산대도 있을 것이다. 말할 것도 없지만, 쇼핑을 마친 손님에게 중요한 것은 가게에서 금방 다음 장소로 이동하는 것이다. 계산을 끝낸 다음 가게 안을 한참 걸어야 한다는 스트레스를 느끼게 하는 건 피해야 한다.

신간이나 화제의 책 코너를 지나면, 그다음은 유동량이 많은 책에서부터 가게 안쪽으로 갈수록 별로 안 팔려서 유동량이 적은 책 순서로 진열되어 있다.

팔리는 책일수록 눈에 띄는 곳에 둔다.

어떤 가게일지라도, 상품의 배치는 어느 정도 원리에 따라서 진열된다. 알바 선배가 가르쳐 준 건데, 나도 그 원리를 듣고 나니 아하, 하고 생각했다.

'그러고 보니⋯⋯.'

나는 알바를 시작했던 무렵을 떠올렸다.

『하지만 요미우리 선배. 서점은 그 중요한 배치를 제법 건드리지 않아요?』

서점에 따라 다르지만, 대개 반년에서 1년 정도 주기로 코너가 통째로 다른 장소에 이동해 버려서 입이 벌어지는 경우가 있다. 어째서인지 커다란 서점일수록, 평소 있던 곳에 가만히 두질 않는다. 도서관이라면 절대 있을 수 없는 일이었다.

『곤란하다니까요. 그거. 위치를 기억하던 책이 어딘가로 이동해 버려서.』

서점에 다니는 책 애호가라면 한 번은 느꼈을 불만을 토로해봤다.

『맞아. 그래서 그래.』

요미우리 선배가 의문스러운 말로 대답했었지.

『네?』

『지금, 우리 후배가 말한 그대로야. 기억해 버리니까 바꾸는 거야.』

『왜 그런 건데요?』

『정확하게 말하면, 기억하고 있다고 생각하니까 그렇지. 인간은 말이야. 보고 있어도 세세한 부분까지는 사실 기억 못해. 우리 후배는 이 책장의 여기에 무슨 책이 있었는지 기억나?』

그렇게 말하더니, 선배는 문고의 책장 한 곳을 톡톡 두드렸다. 아마도 이제 막 팔렸는지, 한 권 분량의 공간이 비어 있었다. 라이트노벨 코너니까 여러 번 봤을 텐데, 나는 그 장소에 있었을 책을 떠올리지 못했다.

『정답은 이거.』

그녀는 보충으로 들어온 도서 한 권을 들어서 표지를 보여줬다. 해당 레이블에서도 잘 팔리는 축에 드는 책이다. 요즘 보기 드물게 단편이 특기인 작가의 책이었다. 당연히 나도 읽은 적이 있었다. 듣고 보니 비어 있는 공간의 좌우에 같은 작가의 책이 있었다. 시리즈물이 아니긴 했어도, 눈치챌 수도 있었을 것 같은데.

『아~. 이거였네요.』

『하지만 너는 지금, 이 책장을 보면서 평소랑 다르다고 생각 못했지?』

『그건…… 그렇네요.』

『그거야. 책장의 알맹이까지는 기억 못해. 하지만 네 뇌는 평소랑 똑같다고 생각해버린 거지. 인간도 동물이니까. 동물은 이상이 없다고 느끼면 주의력이 떨어져 버리는 법이거든.』

선배의 말을 듣고 나는 신음해 버렸다. 눈앞에서 나를 통해 증명을 해버렸으니 설득력도 한층 높다. 선배가 씨익하고 작은 미소를 지은 것도 놓치지 않았다. 언뜻 보기에 조신하게 한 걸음 물러나 걷는 일본풍의 미인으로 보이지만, 이 사람은 상당히 꼬여 있다고 생각했다.

『그런 건가요?』

『응. 그런 거야. 평소랑 같을 테니까 안 보고도 알 수 있다. 그런 생각을 무너뜨리고 싶은 거야. 그래서 책장의 배치를 때때로 크게 바꾸지. 그러면 어디에 간 걸까, 하면서 주의력을 올려 찾아다니잖아? 도서관이랑 다르게 서점은 장사를 하는 곳인걸. 사람들이 신간 코너만 보게 된다면,

신간 코너 외에 다른 공간은 필요 없어지잖아. 서점의 책
장은 움직이지 않으면 죽어 버리는 거야. 책장이 굳어서
썩어버린 탓에 사라진 책방을 나는 꽤 여러 개 알거든~.』

『철학적인 함축이 있는 해설 고맙습니다, 선배.』

『멋있지?』

『마치 RPG에 나오는 100년 살아온 하얀 수염의 할아버
지 같았어요.』

『으음. 미묘하게 멋있지 않은 것 같은데.』

그녀는 입술을 삐죽거리면서 토라져 버리고 말았다.

그런 선배의 말을 떠올리면서, 나는 신간 코너부터 순서
대로 둘러보았다.

서점이란 것은 인류의 지적 자산을 볼 수 있는 쇼 케이
스라고 생각한다. 더욱이 신간 서적에는 시대의 흐름이 그
대로 반영되어 있어서, 타이틀이나 표지를 보기만 해도 그
걸 피부로 실감할 수 있다. 내가 좋아하는 시간 때우기 방
법이었다.

신간 코너를 지나 그대로 가게 안을 한 바퀴 빙 돌기 시
작했다. 신간 서적을 체크하면서, 책장에 꽂힌 책등도 주
욱 눈으로 훑는다. 이렇게 매장의 상태를 파악해두면, 알
바를 시작했을 때 손님의 문의에 대응하는 것도 쉬워져서
일석이조라니까.

한 바퀴 둘러보고서, 이제 슬슬 유니폼으로 갈아입어야

겠다 하고 생각한 참에 갑자기 뒤에서 누가 톡 어깨를 두드렸다.

"안녕, 우리 후배?"

뒤를 돌아보자, 사복 차림의 요미우리 시오리 선배가 서 있었다.

"선배, 놀래키지 마세요. 심장이 멎는 줄 알았잖아요."

"후배 씨는 심장이 그렇게 섬세했던가?"

"이래 보여도, 꽤."

"보여주면 믿어줄게."

"확실하게 본래 상태로 되돌려준다면, 보여줄 수도 있어요."

그렇게 대답하자 선배가 기분 좋게 웃었다.

"셰익스피어구나. 피를 흘리지 않고 심장을 꺼낼 수 없다는 것 정도는 나도 알아. 그러면 네 말을 믿는 수밖에 없네."

"다행이네요."

새삼 요미우리 선배를 보았다. 오늘은 얇은 데님에 하얀 논 슬리브 상의 차림이다. 긴 검은 머리칼을 가볍게 뒤로 묶고 있었다. 목덜미가 산뜻해서 시원스러운 모습이었다.

"그런데, 오늘은 상당히 일찍 나왔네?"

"선배야말로 일찍 왔잖아요?"

이 사람, 분명히 오늘은 나랑 아야세 양과 같은 시간에 시작이었을 텐데.

"집에 있어도 지루하기만 하니까. 여기는 냉방도 잘 되고. 조금 매장을 어슬렁거린 다음에 사무실에 들어갈까 해서."

"한가한가요?"

"대학생은 다 그래."

"랩이나 서클이나 연구 같은 건……."

"아~아~ 안 들려. 안 들려~."

"초등학생처럼 반응하지 마세요. 지금 대체 몇 살인데요?"

"우리 후배, 큰 것은 작은 걸 대신해서 쓸 수 있다는 속담이 있는 거 알아?"

"억지 논리의 내용은 중학생 수준이네요."

"세 살 버릇 여든까지. 몇 살이 되어도 사람은 의외로 알맹이가 변하지 않는 법이야."

"심오한 것처럼 말하지만, 그냥 게으른 대학 생활을 얼버무리는 거죠……?"

"우리 후배도 대학생이 되면 알 수 있어. 고등학생이 생각하는 정도로 대학생은 그다지 어른이 아니니까."

그렇게 말하고, 헤실 웃는 요미우리 선배.

말에 대한 설득력이 다르다.

"그런데, 오늘 여동생은?"

"글쎄요……. 아직 안 왔어요? 먼저 나왔으니까 이제 올 거라고 생각하는데요."

여태까지 알바를 하는 이 가게까지 아야세 양과 함께 온

적이 없다. 이것 역시 학교에서의 관계랑 마찬가지로, 일선을 그어놔야 한다고 그녀가 이야기를 했기에 나도 그것에 동의했다.

남매라는 것이 들켜서 뭔가 안 좋은 게 있는 것도 아니고, 애당초 알바를 할 때 이력서를 제출하니까 나랑 아야세 양이 남매라는 건 점장님도 알고 있다.

다만 다른 점원들에게 괜히 떠벌리지 않는 것뿐이다.

그리고 나는 자전거를 가지고 있지만, 아야세 양은 걸어온다. 함께 다니려면 한 쪽에 맞춰야 하니까, 나도 아야세양도 그런 식으로 신경 쓰는 건 좋아하지 않았다.

"하지만 설마 여동생까지 여기서 알바를 하게 되다니. 응? 표정이 왜 그래?"

"아뇨……. 아까 가족 사이에서 비슷한 얘기를 했거든요."

다들, 그렇게 아야세 양이 서점에서 알바를 하는 게 신기한 걸까?

내가 그렇게 말하자, 요미우리 선배는 뭔가 생각에 잠긴 표정을 지었다.

"서점에서 알바를 하는 걸 신기하다고 생각하는 게 아닐 것 같은데. 뭐, 그래도 한창 놀러 다니고 싶은 고등학생이 잖아. 여동생은 우리 후배에게 지지 않을 정도로 알바 삼매경 같지만."

"그런, 가요? 그러고 보니 선배, 올 여름에 어디 놀러 가거나 해요?

"으응? 나? 그야 물론, 장난 아닌 수영복을 입고서 바다로 뛰쳐나가 여대생답게 헌팅을 당해야지."

흐흥, 하고 콧소리를 내면서 가슴을 쭉 펴지 말아주실래요?

장난 아닌 수영복이라. 어떤 수영복이지? 뭐, 객관적으로 봐서 요미우리 선배는 예쁜 여성이라고 생각한다. 입 다물고 있으면 길고 검은 머리의 조신한 미인으로 보이기도 하고. 알맹이는 거의 아저씨지만.

"바다, 말인가요."

"그 싫다는 표정은 뭐야?"

"아뇨……. 붐비는 인파밖에 안 떠올라서요."

혼슈의 해안에서 인파를 피해 수영을 할 수 있는 걸까? 애당초 음침 아싸인 나에게는 인파라는 것 자체가 상당히 허들이 높다.

"수영하기 위해 가는 게 아니니까 괜찮아."

"헌팅을 당하러 가는 건가요?"

"그럼, 그럼."

"그렇게 헌팅을 당하는 게 좋은 건가요?"

"공짜로 밥을 먹을 수 있어."

"돈벌이를 안 하는 것도 아니면서……."

서점 알바비는 그렇게 많진 않다. 기본적으로 서점업이라는 건 이윤이 얼마 안 되는 장사니까 급료도 싸다. 설령 정사원이라고 해도. 하물며 알바는 말할 것도 없고.

"어라? 공짜 밥은 싫어해?"

"공짜 밥이라기보다, 남한테 빚지는 게 좀 그래요. 그리고 누군가 밥을 사준다는 건 다시 말해 스스로 돈벌이를 못한다는 것 같아서 별로 유쾌하지는 않아요."

세상이 기브 & 테이크로 성립된다고 생각하는 나는, 일방적으로 누가 사주는 행위에 관해서 불신밖에 없었다. 공짜만큼 비싼 건 없다. 그렇다면 내가 번 돈으로 먹는 밥이 몇 배는 맛있다.

"뭐, 그런 점이 우리 후배의 좋은 점이지. 하지만, 탱탱한 여대생의 수영복 모습을 바라볼 수 있으니까 공짜는 아니잖아."

"탱탱…… 단어부터가 아저씨 감각이네요. 그건 너무 메마른 거 아니에요?"

"나를 건어물 여대생이라고 말씀하시는 건가?"

"그건 아닌데요."

생각만 했지.

"무슨 생각하는지 다 보여."

"죄송합니다."

"참고로."

입술 앞에 검지를 세우고, 요미우리 선배는 장난치는 데 성공한 고양이 같은 표정으로 말했다.

"―지금까지 말한 건 전부 거짓말."

"……전부?"

"그래. 전부."

"대체 무슨 의미가 있어서 그런 거짓말을 해요?"

"딱히 의미 따윈 없어!"

그녀는 힘차게 잘라 말해버렸다.

그러나 막상 거짓말이라는 걸 알고서 요미우리 선배를 다시 보자, 확실히 간파하기 쉬웠을지도 모른다고 반성했다.

드러나 있는 가녀린 팔도, 미인다운 얼굴도 여전히 새하얗다. 햇볕에 탄 흔적 따위 요만큼도 안 보이니까.

"뭐, 농담은 그렇다 치고. 이제 시간 됐으니까 옷 갈아입자."

요미우리 선배와는 백야드에서 갈라졌다. 아무도 없는 남자 탈의실에서 옷을 갈아입고, 알바용 복장이 됐다.

사무실에 들어가려는데, 여자 탈의실에서 마침 요미우리 선배와 함께 아야세 양이 나오는 참이었다. 시간 딱 맞춰서 온 듯했다.

여름 방학에 들어선 뒤로 몇 번이나 본 아야세 양의 앞치마 스타일. 집이나 학교에서의 그녀와는 달리, 기능성 중시의 간소한 리본으로 긴 머리칼을 한데 묶었다. 긴 금발이 흔들리는 모습은 마치 기개 높은 명마의 꼬리 같았다. 서점 직원의 기본적인 유니폼 차림과 화려한 머리칼의 미스매치 탓일까. 풍경 속에서 그녀의 모습이 묘하게 붕 떠 있어서, 이미 익숙하지만 자연스럽게 눈길이 끌려 버린다.

한순간 눈이 마주친 것 같았다.

그러나 그 시간은 1초도 안 되고, 그녀는 금방 시선을 돌렸다.

안 되겠어. 이제 그만 익숙해져야지. —그렇게 자신에게 말하고서, 나는 몸가짐을 바로잡았다.

너무 빤히 쳐다보면 아야세 양도 좋은 기분은 안 들 테니까.

토요일이고 여름 방학이기도 해서 그런지, 낮부터 가게는 그럭저럭 붐비고 있었다.

그래도 한 번 손님들 발길이 줄어드는 시간이 있다. 시계를 보니 마침 오후 3시쯤.

"감사합니다!"

계산대 업무를 마친 아야세 양이 생긋 웃으며 말하고 손님을 배웅하자, 어느새 늘어서 있던 대기줄이 사라졌다. 계산대 안쪽의 나와 아야세 양, 요미우리 선배는 나란히 한숨을 돌렸다.

"그런데, 아야세 양. 아직 한 달밖에 안 됐는데, 배우는 게 엄청 빠르네!"

"그런가요?"

"응. 우리 후배 때도 영리하고 굉장한 애가 왔네~ 하고 생각했지만, 아야세 양은 그 이상일지도 몰라."

진심으로 굉장하다고 생각하는 어조였다. 실제로 나도 그 의견에는 동감이다. 계산대 업무도 접객도 완벽하다. 이미 내가 커버할 필요가 없을 정도였다. 심지어 한 달은 커녕 일하기 시작한지 1주일 뒤에는 거의 대부분의 업무를 익혔을 정도였지. 나는 그 정도로 빨리 익숙해진 기억이 없었다.

'그러고 보니……'

나는 그때 문득 떠올렸다.

요미우리 선배가 아야세 양을 부를 때 내 앞에서는 「여동생」이지만, 가게 안에서는 「아야세 양」이다.

그런 부분에선 그녀가 분명히 어른이라고 느껴졌다. 나이가 아니라, 정신적으로.

"고맙습니다."

아야세 양이 생긋 웃으며 대답했다.

요즘 집에서 드라이하고 쿨한 그녀를 보는 일이 늘었으니까, 대외적으로 잘 꾸민 웃음을 보는 건 오랜만이었다. 패밀리 레스토랑에서 처음 만났을 때, 사교성이 높아 보였던 인상의 그녀에 가깝다.

"하지만, 가르쳐주신 선배의 지도가 좋아서 그래요."

"그렇게 대답을 할 수 있는 것도 굉장해."

"아뇨. 정말이에요."

"저기요……."

"앗, 네!"

계산대 바깥에서 누가 말을 걸자, 아야세 양이 삭 돌아섰다. 완벽한 웃음을 얼굴에 부착하고 손님에게 응대를 시작했다.

고령의 고상한 부인인데, 아무래도 만화를 찾는 모양이었다.

"계산대, 교대할까?"

"부탁해."

나한테 계산대를 부탁하고, 아야세 양이 매장으로 나섰다.

금방 돌아올 거라 생각했는데, 10분쯤 지나서도 아야세 양이 돌아오지 않았다. 그 사이에 손님이 늘어서기 시작해서, 신경이 쓰였지만 계산대에서 떨어질 수가 없어졌다.

아야세 양은 책만 그런 게 아니라 만화도 그다지 안 읽는 편이다. 어쩌면 손님이랑 같이 헤매고 있을지도 몰라.

"계산대는 맡겨. 도와주러 가 봐."

걱정이 내 표정에 드러났는지, 요미우리 선배가 내 등을 톡 두드렸다.

나는 뒤를 부탁하고 매장으로 나섰다. 만화 코너로 걸어가자, 아까 말을 걸었던 손님과 함께 책장 앞에서 서성거리고 있는 아야세 양을 발견했다.

"아야세 양, 어때?"

"아사무라 씨……."

돌아본 아야세 양의 눈썹이 내려가 있었다. 아주 난처한 표정.

옆에 있는 손님은 상당히 나이가 있는데, 아무래도 손자가 부탁한 책을 사러 온 모양이다. 즉, 그 할머니도 만화는 잘 모른다. 이쪽도 불안한 표정을 짓고 있었다.

찾고 있는 책은 이번 달에 나온 신간이었다. 애니화가 결정된 참이라 판매량이 양호한 서적이다. 꽤 많이 입고됐으니 다 팔리진 않았을 것이다. 그러나 찾을 수가 없었다.

"출판 레이블을 보면, 이 책장이 맞을 텐데……."

"검색은?"

서점의 구석에 있는 기계로 힐끔 시선을 보냈다. 가게의 재고는 저 검색 서비스로 알 수 있다.

"아직 다섯 권 이상 있다고 나왔어. 그런데……."

"이 앞의 진열대에는 없는 거구나?"

"없어. 그건 확인했어."

얼추 상황을 듣고 나는 생각했다. 이번 달에 나온 신간인데 발견되지 않는 건 이상하다. 게다가 잘 팔리는 책이지만 기록상으로는 아직 재고가 있다고 나온다는 거다.

그러나 홍보 POP가 놓인 진열대에는, 그 제목의 책이 분명히 없었다.

나는 책장에 꽂힌 책등을 대충 둘러보았다. 책장 하나가 위에서 아래까지 해당 레이블의 만화로 가득했다. 작가 이름을 가나다순으로 진열한 책을 눈으로 추적하자, 그 작가의 시리즈 다른 권은 있지만 신간만 빠져 있었다. 책장에 꽂아둔 분량은 팔려 버린 모양이다.

"없네……."

"없어. 분명히 여기 있어야 하는데."

"그렇다면…… 흠. 이쯤이나…… 여기가 수상해."

진열대에 놓인 신간 제일 위의 한 권을 치워봤다.

그러자, 그 아래서 전혀 다른 책이 빼꼼 고개를 내밀었다. 찾고 있던 신간이다.

"아!"

"자, 이거지?"

매장의 책은 여러 손님이 자유롭게 만지니까, 원래 있던 장소가 아닌 곳에 돌려놓는 일도 많다. 이번에도 그 케이스. 진열대에 진열한 것이 나랑 아야세 양이었다면 금방 깨달았을 거고, 돌려놓은 손님이 난폭하게 뒀다면 오히려 눈에 띄었을지도 모르지만, 깔끔하게 겹쳐서 놓아두면 오히려 알기 어려운 경우가 있다. 아래쪽에 쌓여 있던 책의 권수가 마침 딱 다섯 권이니, 데이터와도 모순점이 없었다.

"굉장해……! 어떻게 알았어?"

"뭐, 감, 일까? 그보다, 손님이 기다리잖아."

"아, 응. 저기…… 이게 맞을까요?"

아야세 양은 돌아서서 만화를 보여주며 확인을 했다. 할머니는 그녀의 손에 든 책을 보고 기뻐하며 웃었다.

"네, 맞아요. 틀림없어요."

"구입은 이것 한 권이신가요?"

고개를 끄덕이시기에, 우리는 할머니와 함께 계산대로 직행했다. 그녀는 지불을 마친 만화책 한 권을 소중하게 가방에 넣고, 깊이 고개 숙여 인사를 하고 가게를 나섰다.

나도 아야세 양도 안도의 한숨을 쉬었다.

"발견해 드릴 수 있어서 다행이야. 하지만, 정말로 어떻게……. 초능력 같아."

"아니, 전혀 굉장한 건 아니야."

트릭을 밝히자면, 진열대의 신간 타워에 부착된 POP에 「8월 2일 발매!」라는 카드가 붙어 있었다. 그러나 가장 위에 놓여있던 책을 발행하는 레이블의 발매일은 그날이 아니다. 거기에 있을 리 없는 책에 나는 위화감을 느꼈던 것이다.

"그런 건 전혀 몰랐어……."

아야세 양은 애당초 만화의 발매일을 그다지 신경 쓰는 성격이 아니다. 평소부터 책에 푹 빠져 있고, 신간을 애태우며 기다리는 나하고는 다르다.

"어디를 조심해야 하는지 모르면 꽤 어렵지. 내가 조금 더 경험이 있으니까 이 정도는 하는 거야."

—동물은 이상이 없다고 느끼면 주의력이 떨어져 버리는 법이거든.

언젠가 선배가 했던 말이 뇌리를 스쳤다. 뇌가 「없다고」 생각해 버리면 눈에 들어와도 안 보이게 된다.

"그래도 굉장하다고 생각해."

"하지만, 요미우리 선배라면 더 빨리 찾았어."

"그렇구나."

교대하여 매장에 나선 요미우리 선배를 떠올리면서 말하자, 아야세 양이 조용히 말하더니 다시 계산대 안에 섰다.

금세 손님이 계산대 앞에 늘어서서 바빠졌다.

달이 빌딩 사이로 낮게 보였다.

8월이 아직 열흘 정도 남아 있는 이 시기의 바람은 여전히 미지근하고, 아스팔트에서는 낮의 흔적인 열이 피어올라서 숨쉬기 어렵다.

시각은 밤 10시를 넘어서, 이제 곧 15분이 되려는 참이었다. 고교생이 일할 수 있는 시간은 10시까지. 게다가 그 시간에 완전 철수가 원칙이니까 실제로는 9시 50분에 일은 끝났다. 그래도 돌아갈 준비를 마치고 가게를 나서면 이 시간이다.

나랑 아야세 양은 알바를 마치고 나란히 걷고 있었다.

우리는 서로에 대해 너무 신경 쓰는 걸 싫어한다. 그래서 알바할 때 각자가 편한 시간에 멋대로 집을 나선다. 그런데 돌아갈 때는 어째서 함께인가?

이건 이유가 있다. 사실 아키코 씨가 간절하게 요청했기 때문이다. 늦은 시간까지 알바를 허가하는 대신 아키코 씨가 딱 하나 내건 조건. 그것이 밤이 늦었을 때는 둘이서 함께 돌아오는 것이다. 시부야의 밤길을 여자애 혼자 걷도록 하기 싫다는 것이 아키코 씨의 마음이었다.

아야세 양은 처음에 반대했다. 여자라는 이유만으로 오빠를 보디가드로 속박하는 것은 말도 안 된다면서.

전부터 직장에 있는 아키코 씨를 만나야 할 때는 심야의 시부야를 혼자 걸었다, 걱정이 지나치다. ―그녀는 이렇게 주장했다.

그러고 보니, 전에 아야세 양이 원조교제 의혹을 받은 적이 있었지. 그건 아키코 씨를 만나려고 돌아다니는 걸 목격 당해서 오해를 받았을 것이리라. 드디어 납득이 됐다.

그리고 아야세 양이 내 동반을 거절한 이유는 아마도 하나 더 있다.

따로따로라면 자전거를 타는 내가 더 빨리 돌아올 수 있기 때문이다. 아야세 양은 자신의 늦은 걸음에 내가 맞춰주면 안 된다고 생각하는 것이다. 입장이 반대였다면 나도 아마 그런 식으로 느꼈을 것이다. 기브 & 테이크에서 기브를 넉넉하게. 이런 신조를 가진 아야세 양이니까 더욱 그렇다.

그래도 결국은 아키코 씨의 제안을 받아들였다. 「지금은 아직 친가에 지내는 몸이니 어머니한테 괜히 걱정을 끼치는 건 떼를 쓰는 거다」라고 한다.

사실은 나도 내심 조금 안심했다.

아무리 본인이 괜찮다고 주장해도, 밤 시간 시부야의 번화가를 아야세 양 혼자 걷게 하고 싶지 않다. 가끔 한 번을 걷는 것과, 알바로 거의 매일 걷는 건 트러블에 휘말릴 확률도 다를 테니까.

그렇게 말했더니 아야세 양도 그건 그렇다고 대답했다.

어쨌든, 그런 경위를 거쳐 나랑 아야세 양은 이렇게 나란히 돌아가게 되었다.

턱으로 미끄러져 떨어지는 땀을 닦으면서, 나랑 아야세 양은 사람들 틈을 빠져나가며 걷고 있었다. 그건 그렇고 오늘은 도무지 시원해지질 않네.

"아직 여름이네."

"벌써 가을이구나……."

"어?"

"응?"

무심코 둘 다 멈춰 섰다.

아야세 양은 내 쪽을 보며 기가 막힌 표정이었고, 나는 그런 그녀의 얼굴을 보면서 물음표를 얼굴에 띄우고 있었다.

아야세 양이 잠시 나를 본 다음에 가볍게 고개를 끄덕였다.

"혹시, 이 더위 얘기야?"

"혹시라고 할 것도 없이 그런데, 그쪽은?"

"저거야."

스윽 하고 그녀가 턱짓으로 가리킨 것은 길 옆의 부티크—쇼윈도우? 아무튼 커다란 유리 너머에 마네킹들이 늘어서 있었다.

"저게 가을이야?"

"가을이잖아? 어느 모로 봐도."

내가 고개를 갸웃거렸기 때문이리라, 아야세 양이 기가 막힌 표정을 더 드러냈다.

"어머, 진심으로 하는 말이야?"

"미안. 나는 저 마네킹이 입고 있는 옷이 지금 아야세 양이 입고 있는 거랑 어떻게 다른지 모르겠어."

듣고 보니 한여름 차림은 아니란 걸 알 수 있다. 조금 소매가 긴 건가?

하지만 아야세 양도 니트 탱크톱 위에 깅엄 셔츠를 걸치고 있단 말이지.

"그런 문제가 아니야. 옷의 색이나 소품도 올해 가을에 유행할 법한 거니까 보면 금방 알 수 있어. 그리고 길가의 마네킹들은 한참 전부터 한여름의 옷을 입고 있지 않아.

무엇보다 저 가게 마네킹은, 어제까지 다른 옷을 입고 있었잖아?"

"그랬었나?"

"진심이야……?"

"어, 아니, 의심하는 건 아니야. 그런 거겠지. 아야세 양이 말했으니까. 그러니까 그렇게 길거리에서 좀비나 산타를 만난 것 같은 표정은 짓지 말아주면 좋겠는데."

"나로서는 훨씬 희귀한 걸 만난 기분이야. 지금이라면 좀비나 산타를 만나도 놀라지 않겠어."

"그건 너무하네."

거의 멸종위기종이나 미확인동물 취급이다. 마네킹이 뭘 입고 있었는지 기억하는 쪽이 이상하지 않냐고 느끼는 건 내 시야가 너무 좁아서 그런 걸까?

"아사무라 군은, 패션엔 별로 흥미 없는 사람이야?"

"내가 패션 잡지 읽는 거 본 적 있어?"

옷에 쓸 돈이 있으면 책을 사버리는 게 책 애호가라는 것이다. 첫째로 음침 아웃사이더인 내가 옷으로 꾸며봐야 보여줄 상대가 없잖아?

그러자 아야세 양은 내 말을 듣고 보니 그렇다며 큼직하게 고개를 끄덕였다.

"그렇구나……. 정말로, 흥미가 없으면 그 정도로 눈치 못 채는구나."

"그런 셈이지."

"뭐, 아사무라 군은 옷가게에서 알바할 생각이 없어 보이니까 문제는 없겠네……."

"……응? 무슨 얘기야?"

"아무것도 아냐."

아야세 양은 짧게 대답하더니 얼른 다시 걸어가 버렸다.

그녀가 대체 뭘 납득한 건지 모르는 채, 나는 자전거를 밀면서 그녀를 뒤따라갔다.

그 이후의 아야세 양은 어째서인지 조금 기분이 좋았던 것 같았다.

●8월 23일 (일요일)

　더위 때문에 눈이 떠졌다.

　머리맡의 시계를 보았다. 오전 10시…… 3분. 아니, 지금 4분이 됐다.

　8월도 앞으로 1주일밖에 안 남았는데, 아직 여름이 물러갈 낌새가 없다.

　실내에서도 열사병에 걸릴 수 있다고 걱정하던 아키코 씨 말을 떠올리고 서둘러서 방의 에어컨을 켰다. 땀을 흘린 탓에 옷을 갈아입고, 거실로 이어지는 문을 열자 곧장 후끈한 열기가 몸을 감쌌다. 조금 숨쉬기 어려울 지경이다.

　살펴보니 아버지가 받침대에 올라가서 에어컨을 조사하고 있다. 아키코 씨가 걱정스럽게 아버지를 올려다보고 계셨다. 일요일이라지만 이틀 연속으로 부모님이 동시에 거실에 있는 건 드문 일이라고 생각했는데, 혹시 이거 탓인가?

　아버지가 힐끔 나에게 시선을 보냈다.

　"아아, 유우타구나. 안녕?"

　"유우타, 안녕?"

　"안녕하세요. 그런데, 혹시…… 고장?"

　"아까부터 찬바람이 나오질 않더라고. 이래저래 덜컥거리다가 아키코 씨를 깨워버렸어."

"저도 도울까요?"

"어어. 아니, 아직 살펴보는 중이야. 딱히 뭘 고치고 있는 게 아니니까. 애당초 요즘 에어컨은 초보자가 고칠만한 것도 아니고."

그것도 그렇네.

아버지는 에어컨의 에러 표시를 보고는 설명서랑 비교하며 조사하고 있는지, 리모컨을 손에 들고 스위치를 껐다 켰다 하거나 운전 모드를 바꿔보기도 하는 모양이었다. 그러나 차가운 바람이 나올 낌새가 없었다.

"이 에어컨이 제일 오래된 거니까. 정 안되겠으면 차라리 새로 사는 게 나을지도 모르겠다."

"사키의 방에 새로운 걸 달아준 참인데…… 미안해요."

"아니지. 당신이 사과할 일이 아냐. 사키의 방은 원래 창고 방이었으니까 에어컨이 없었단 말이지. 하지만 에어컨이 없으면 공부에도 지장이 생기잖아?"

"고마워요, 타이치 씨."

부모님의 대화를 듣고 나는 거실에 아야세 양이 없는 걸 깨달았다.

"아야세 양은, 방에 있어요?"

"그래. 방금 전까지 여기 있었는데, 너무 더우니까. 걔는 더위에 강하질 못하거든."

"그랬어요?"

"어렸을 때는 참 난리였어. 여름이 되면 아이스크림 사달라고 조르거나 워터파크 가자고 떼를 쓰기도 하고…….."

아야세 양의 어린 시절이라면, 아버지가 재혼 전에 보여준 그 사진 무렵일까?

초등학생 정도의 아야세 양은 분명히 상당히 활발해 보였다. 그렇게 생각하면, 지금은 상당히 차분해진 인상을 받는다. 설마 부모님한테 졸라서 놀러 가고 싶어 하는 아이였다니.

"해가 지날 때마다 손이 덜 가게 되었지만, 그건 그거대로 쓸쓸했어."

"역시 사춘기가 되면 부모랑 놀아주지 않게 되는 법일까? 유우타도 그렇다니까."

그렇게 아버지가 말하자, 아키코 씨가 살짝 고개를 숙이며 깊은 숨을 내쉬었다.

"그 애의 경우는 사춘기라기보다……. 중학교에 올라갈 무렵에는 벌써 지금 같은 느낌이었을까?"

아키코 씨가 말을 좀 흐렸지만, 나는 어쩐지 짐작해 버렸다.

가정이 삐걱거리게 되고, 아버지가 집으로 돌아오지 않게 되고, 아키코 씨가 일을 시작한 것이 그 무렵이었다고 들었다. 어린 나이에도 집안의 궁지를 어쩐지 모르게 느끼고, 아야세 양이 떼쓰는 걸 멈춰버렸을 것이다.

"그렇구나. 미안한 얘기를 들어버렸네."

"괜찮아요."

아키코 씨가 웃었다. 아키코 씨는 그다지 신경 안 쓰는 모양이지만 아버지는 명백하게 미안한 기색이다. 받침대 위에서 기가 죽어도 아키코 씨가 난처할 뿐이잖아, 아버지.

그건 그렇고, 어린 시절의 아야세 양은 워터파크를 좋아했구나……. 천진하게 헤엄치는 그녀의 모습은 그다지 상상할 수 없는데. 지금도 아무 걱정 없이 마음대로 해도 된다고 하면, 아야세 양은 워터파크에서 노는 걸 바라는 걸까?

나처럼 음침 아싸에 논 액티브한 인간은 애당초 인파가 모이는 곳에 가는 것도, 몸을 움직이며 일부러 지치는 것도 사양하고 싶은데.

"으음~. 역시 작동을 안 하네. 순순히 수리업자를 부르는 게 제일이지만, 이 계절엔 바쁠 테니까 언제쯤 고칠 수 있을지 모르겠어."

"그래요. 난처하네……. 아, 내려올 때 조심해요."

"유우타도 오늘은 네 방에서 지내라."

"그럴게요."

하필 이럴 때 알바가 저녁 늦게부터였다.

두 사람은 어떻게 할 거냐고 물어봤더니 아키코 씨가 쇼핑을 하고 싶다고 하셔서, 아버지는 짐꾼으로 따라간다고 했다.

으흠. 차라리 외출을 해버리는 것도 좋은 선택 같았다.

"사키한테는 내가 말을 해둘게."

아키코 씨가 그렇게 말씀하시고서 주방에 가더니, 탁자 너머로 물어봤다.

"유우타, 뭐 먹을래? 나도 이제 먹을 거야."

"아, 네. 먹을게요."

아버지랑 아야세 양은 아침 식사를 다 먹은 모양이다. 나는 아키코 씨와 함께 남은 음식을 데워서 먹었다. 아버지가 침실 문을 열고서 시원한 바람을 되도록 거실에 보내려고 하지만, 새 발의 피라 차츰 땀이 줄줄 흐른다. 이럴 때는 선풍기가 그립다.

식사 뒷정리를 마치고, 나도 아야세 양을 본받아 냉장고에서 음료수를 꺼내 내 방에 틀어박혔다.

그럼 오늘은 뭘 하지? 아야세 양은 방에서 뭘 하고 있을까?

그런 생각을 하면서 읽던 책의 페이지를 넘기고 있는데, 점심 즈음에 마루가 전화로 연락해왔다.

오후의 예정을 묻기에 딱히 아무것도 없다고 했더니, 쇼핑에 같이 어울려달라고 했다. 이 더위 속에 외출이라 거절하려고 했는데, 가만 생각해 보니 집에 있는 한 오늘은 방에 틀어박혀 있어야 했다. 그래서 생각을 고쳐 결국 같이 가기로 했다.

시부야 역 앞. 일요일 점심을 조금 넘긴 번화가는 평일 이상으로 떠들썩했다.

넘치는 인파를 보고 있자니, 두 배로 더워지는 기분이야…….

자전거는 역 근처의 늘 쓰는 보관소에 세워뒀다. 저녁부터 아르바이트니까, 여기에 두면 돌아갈 때 편하다.

마루가 말한 쇼핑은 애니메이션 관련 상품을 파는 가게였다. 만화나 라이트노벨도 팔고 있으니 따지고 보면 내가 알바하는 서점의 라이벌 상점이다. 뭐 그런 걸 신경 써봐야 소용없고, 애당초 내가 일하는 가게는 그런 작품 관련 상품을 팔지 않는다.

역 앞에서 진구도리를 통해 북쪽으로 올라가 이노가시라 도리가 나오면 거기서 서쪽으로 꺾는다. 중간에 길이 두 갈래 나오면, 우다가와도리에 들어선다. 이것이 아마도 가장 알기 쉬운 경로였다. 이렇게 설명하면 시부야의 지리를 모르는 사람은 꽤 먼 거리로 느낄지 모르지만, 걸으면서도 거리의 풍경이 떠들썩하니까 신경 안 쓰인다.

길거리의 빈 공간을 이용해 신제품 캔 주스 시음을 하거나, 가게 앞 진열대에 인기 상품을 늘어놓은 누나가 설명을 한다. 구경하다 보면 어느샌가 도착이다.

약속 시간 5분 전에 가게 앞에 도착했다.

"이야, 일부러 불러서 미안해."

햇살에 그을린 친구— 마루 토모카즈가 나를 발견하고

다가왔다.

"오랜만이야. 오늘은 연습 없나 보네."

"그래. 오늘은 아침 훈련뿐이었어. 요즘 세상에는 쉬는 날 없는 훈련을 하는 건 유행하지 않거든. 이 더위 속에서 피로가 쌓이면 부상이나 컨디션 난조의 확률이 올라갈 뿐이니까. 쉴 때는 쉰다. 그게 요즘 시대의 트레이닝이란 거지."

"그런 거구나."

분명히 하드한 트레이닝일 테니까, 연습을 시키는 쪽에서 봐도 무리를 하다가 부상을 입으면 난처하겠지.

"그보다도 미안하네. 이 더위 속에 나오라고 해서."

"그게 말이지……."

나는 우리 집 에어컨이 망가졌다고 털어놓고, 어차피 더우니까 나오기로 했다는 사정을 이야기했다. 일부러 가정 사정을 알리는 것도 좀 그렇지 않은가 했지만, 이렇게 말하면 마루도 신경 쓰지 않을 거라고 생각했다.

"그건 고생이겠네. 그러면 일단 목적을 달성하고 싶다. 늦게 갔다가 품절되면 곤란해."

"알았어."

평소에는 자기 취미를 남에게 강요하지 않는 마루가 어쩔 수 없이 부탁하는 이유는 자기 혼자서는 어쩔 수 없는 일이기 때문이다. 다시 말해서 1인당 1개 한정 상품이다. 이것만큼은 혼자서 여러 점포를 돌지 않는 한 불가능하다.

그리고 마루는 그럴 시간도 여유도 없었다. 발매일이 금요일이니까, 벌써 사흘째라 품절을 걱정하는 것도 이해할 수 있었다.

한 번 약속한 일이니 전력을 다한다. 그 한정 상품이란 것의 구입도 말이지. ……그러고 보니, 그 상품이 뭔지를 아직 못 들었는데.

"임무 완료하고, 그다음에 배가 고프면 뭔가 먹으러 가자."

"OK."

만화랑 라이트노벨 코너라면 몇 번인가 온 적이 있지만, 나는 관련 상품에는 그다지 흥미가 없어서 마루의 안내를 받았다.

"그래서, 어떤 건데?"

내가 물어보자 앞서 걷던 마루가 대답했다. 듣자니 봄 애니메이션의 상품이었다. 애니메이션은 끝나 버렸지만, 관련 상품은 인기만 있으면 그다음에도 나오는 법이다. 마루가 말한 그 애니메이션은 기억하고 있었다. 5인조 소년 소녀가 나오는 일상계 작품이었을 텐데…….

"그거, 로봇이 나왔거든."

"뭐?"

무슨 말인지 모르겠다. 분명히 무대는 한적한 시골 마을이고, 자연이 풍부한 지역에서 펼쳐지는 청춘물……이었지?

"5화에서 주인공이 읽고 있던 라이트노벨이 SF물이었잖아?"

"아아……."

생각났다. 요즘은 오타쿠 취향이라는 것도 세상에 널리 침투하고 있어서, 주인공이나 조역 중에 명랑한 오타쿠 한둘은 섞여 있는 법인데……. 그 캐릭터는 분명히 배틀물 SF를 좋아한다는, 본편이랑 어떻게 엮일지 모를 설정이 있었던가.

"그래서, 설마, 그……."

"주인공이 좋아한다는 설정의 로봇이야."

"그거, 이미 애니랑 상관없지 않아?"

"그런데 이게 멋지단 말이지."

그렇게 말하며 로봇을 디자인했다는 일러스트레이터의 이름을 알려줬는데…… 미안, 전혀 모르겠다. 내 시큰둥한 반응을 본 마루는 거창하게 놀랐다.

그러고 괜히 그런 반응을 할 정도로 유명한 인물인지 술술 이야기를 시작했다.

"뭐, 그래서 그 로봇 장난감이 나온 거라고?"

"그렇게 됐어."

매장에 도착하자, 그 로봇 장난감은 다행히 아직 남아 있었다. 마루랑 내가 집자 마지막으로 하나만 남아 버렸으니 위태롭기는 했다.

상품을 손에 들고 줄에 섰다. 일요일이라 손님이 많고,

줄의 길이가 꽤 길었다. 우리는 끝에서부터 슬금슬금 줄어드는 줄 속에서 계속 대화를 했다.

"음. 이거 멋있네."

"그렇지?"

나는 이런 장난감은 잘 모르지만, 겉보기에도 꽤 멋지다는 건 알겠다. 50센티미터쯤 되는 커다란 상자에 들어 있고, 존재하지 않는 가상의 로봇 작품 로고가 커다랗게 찍혀 있었다. 애니메이션 타이틀 로고가 구석에 작게 찍혀 있어서 도무지 어느 쪽이 본편인지 알 수 없지만, 마치 실제로 그 로봇 애니메이션이 존재하는 것 같은 연출도 좋은 게 아닐까?

"가동 관절이 많거든. 이건 가지고 놀기도 좋아."

"놀아?"

"어라? 아사무라는 로봇이나 괴수 장난감으로 놀아본 적 없는 타입이야?"

"아예 없다고 하면 과장이겠지만. 뭐, 대강 그렇지."

감상용으로 장식하는 건 이해할 수 있지만, 가지고 노는 건 잘 모르겠다.

나는 애니메이션보다 만화나 소설만 읽으니까.

어렸을 때는 아버지가 사 모은 군함 프라모델을 조립하고 감상하는 일도 있었지만, 친어머니가 방해된다고 화를 내며 버린 탓에 두 번 다시 안 한다고 결심했다. 이해심 있는 가족과 생활한다면 그런 취미도 즐겁겠지만.

만화나 소설은 방에 틀어박혀서도 읽을 수 있고, 책의 형태를 하고 있으니 눈에 잘 안 띄었다.

"그러고 보니 아사무라. 나라사카랑 워터파크에 간다며?"

문득 마루가 화제를 바꾸었다.

나는 그 말을 듣고, 한순간 뇌가 정지해 버렸다. 누가 누구랑 워터파크에 간다고?

내가 당황한 걸 눈치 못 채고, 마루가 거듭 말했다.

"정말이지. 나도 모르는 틈에 꽤나 적극적이 되셔가지고 말이야."

"어, 무슨 얘긴데?"

"무슨 얘기긴…… 아야세랑 네가 나라사카랑 워터파크에 간다는 얘기지."

"아니, 처음 들어."

영문을 모르겠는데.

내 감정이 표정에 고스란히 드러난 모양인지, 마루는 야구부의 친구 경유로 들었다는 이야기를 가르쳐 주었다. 그에 따르면 나라사카 양이 동급생 몇 명을 남녀 혼합으로 모아서 워터파크에 놀러 가는 계획을 세우고 있는데, 멤버 중에 아야세 사키와 아사무라 유우타의 이름도 있었다고 한다.

"말 못 들었어?"

"전혀. 애당초 나라사카 양이랑 여름 방학 들어서 이야기를 한 기억도 없는걸."

"흠. 그러면 혹시 이제부터 연락이 올지도 모르지."

"벌써 8월 끝나가는데?"

"아직 더우니까 문제없잖아."

"그렇긴…… 하네."

그렇지만, 나도 모르는 사이에 그런 계획이……? 애당초 내가 나라사카 양이 놀러 가자고 할 인물에 포함되어 있나? 대화한 횟수도 손에 꼽을 정도밖에 안 되는 것 같은데. 나라사카 마아야라는 인물이 커뮤니케이션 능력에서 절대강자이고 팍팍 밀어붙이는 타입의 캐릭터라는 건 이해하고 있었지만, 상상 이상의 존재였다.

뭐, 아직 나도 부른다는 게 정해진 건 아니다. 한 다리 건너 들은 정보니까.

그렇게 이야기를 하는 사이에 줄의 선두에 도착했다.

둘이서 계산을 마치고 왔던 길을 반대로 걸어 역 근처까지 돌아와, 나랑 마루는 내가 알바하는 서점 근처에 있는 카페에 들어갔다.

나도 마루도 아이스커피를 부탁했다.

마루는 거기에 더해 꽤 커다란 클럽 샌드위치를 주문했다. 역시 운동부. 잘 먹는군.

커피 가격은 패스트푸드점과 비교하면 두 배 가까이 되지만, 좋은 의자에 앉아서 느긋하게 보낼 수 있다는 메리트만큼은 비교가 안 된다. 패스트푸드보다 조금 세련된 체인점 카페라도 그렇다. 단골들은 기괴한 주술처럼 들리는 메뉴를 주문하는 가게지만, 우리는 얌전히 평범한 걸 주문했다.

이러니저러니 해도 한 잔 가격이 여타 가게보다 한 자릿수가 다른 가격의 본격적인 커피 전문점이랑 비교하면 이 가게는 고등학생에게 경제적으로 어울린다.

한 번은 시부야 역 근처에서 가게 앞의 메뉴판을 안 보고 들어갔다가, 안에서 가격을 알고 한 잔도 안 마시고 금방 나왔던 경험이 있다. 참으로 부끄러운 기억이다. 그러나 블렌드 커피 한 잔에 천 엔이 넘는 가격은 고등학생에게 높은 벽이었다.

나랑 마루는 쟁반을 테이블에 두고 자리에 앉아 한숨을 돌렸다.

"하지만, 어째서 이거 두 개나 필요한 거야?"

구매한 상품이 들어 있는 종이가방에 시선을 보내면서 내가 물었다.

"물론, 실사용과 보존용이지."

"흐음. 포교용은 아니란 말이지?"

"……너, 처음부터 다 알면서 물어봤지? 아사무라, 너 성격 안 좋아."

"알고 물어본 건 아닌데. 뭐, 어쩐지 감이 오더라. 전에 선물을 보낼 상대가 있다는 얘기를 했었잖아."

좋아하는 건 몇 개씩 사는 사람이 있다는 건 나도 알고 있다.

그러나 마루가 친구를 불러 도와달라고 하면서까지 확실하게 보존용을 입수하는 타입인가? 그건 아니라고 생각했다. 나에게 빚을 져서라도 확실하게 두 개를 확보하고 싶은 사정이 있었을 것이 틀림없다.

"사실은, 부탁을 좀 받아서."

"부탁?"

"그래. 인터넷 친구한테서. 가지고 싶은데 그 기간에는 사정이 있어서 사러 갈 수가 없다고 하더라. 그러니까 내가 사서 보내준다고 약속을 했지."

"흐음."

마루한테 그런 친구가 있는 줄은 몰랐네.

듣자 하니, 애니메이션 추천작에 대해 이야기하는 오픈 채팅에서 만났다고 한다. 의기투합하여 서로 취향이 겹치지 않는 범위에서 상품 따위를 주고받으며 포교를 하는 사이라고 한다.

주고받는다는 것은, 서로의 주소도 알고 있다는 것이다.

그래도 서로에 대해 아는 것이 인터넷에서 쓰는 닉네임

뿐이라는 게 오늘날의 친구 사이다웠다. 주소를 통해 둘이 멀지 않은 곳에 산다는 건 알고 있지만, 만난 적은 없다고 한다.

"하지만 취미가 비슷하니까 오프 모임 같은 거에서 만나는 일도 있을 것 같은데. 애당초 마루라면 그런 오프 모임도 네가 기획할 법한 인상이고."

오프 모임이라는 것은 온라인에서 만나는 것의 반대말로, 현실에서 모이는 걸 말한다.

인터넷에서 언제든지 만날 수 있다지만, 인간이라는 생물은 현실에서 직접 만나는 것도 아주 좋아하니까. 마루는 행동력도 기획력도 있으니까, 생각나면 맨 먼저 실행할 법하단 말이지. 하긴 마루는 주말에도 야구부 연습이 있으니까 오프 모임에 나갈 기회가 적겠지만.

"그게, 그러지도 못해."

"왜?"

"물론 그런 녀석들만 있는 게 아닌 건 알지만, 섣불리 오프 모임 같은 걸 하면 헌팅 목적으로 찾아오는 녀석도 있으니까. 어지간히 신뢰할 수 있는 사람만 추려내지 못하면 트러블이 일어난다고. 뭐, 내가 주최한다면 그렇게 생각할 거야."

"마루는 그런 점에선 신중하니까. 어, 헌팅? ……혹시 상대는 여자야?"

"본인이 말하기로는 그래. 대학생이라던데."

"여대생…… 연상이구나."

한순간 요미우리 선배의 얼굴이 떠올랐다. 내 주변에 있는 여대생이라면 그 사람 정도니까. 고등학생이 자연스럽게 대학생과 만날 기회는 그렇게 많지도 않은데, 나도 마루도 가까운 대학생이 있는 건 이상한 인연이라고 생각한다.

하긴 인터넷으로 알게 됐으면 오히려 비슷한 나이일 확률이 더 낮은가?

"채팅을 보면 상당히 지성이 느껴지는 사람이야. 지식도 풍부하지만, 그게 나처럼 치우치지 않은 점이 좋아. 실로 유익한 대화를 할 수 있어. 누구든지 긍정적으로 대하니까 대화하기 편한 것도 있지."

"아하. 그러면 더 친해지고 싶은 사람도 많겠네. ……그래서 그렇구나."

"그래. 채팅에서도 인기거든."

그렇겠네. 오프 모임 같은 걸 열면, 헌팅 목적으로 모이는 녀석들은 꽤 많을 것 같다.

"용케 서로 상품을 보내는 사이가 됐네."

"그래. 우연히게도 말이지. 뭐, 그건 기회가 있으면 얘기를 해줄게."

"그건 꼭 듣고 싶네. 그래서, 마루는 그 사람을 좋아하게 됐단 거야?"

내가 그렇게 말할 줄은 몰랐는지, 마루가 살짝 당황했다.

"아니, 딱히…… 그런 건……."

오오, 보기 드문 반응이다. 뭐, 언제나 나한테 비슷한 태클을 잔뜩 걸어왔으니 가끔은 나도 갚아줘야지.

"정말로?"

더욱 추궁해보고 싶었는데, 아무래도 마루는 진심으로 부끄러운 모양이다. 머뭇거리며 말이 이상해지더니, 결국 「잠깐 화장실 다녀올게」라며 자리를 떠버렸다.

저 마루가…….

그러고 보니, 마루가 선물을 보내려 했던 상대와 이번에 장난감을 보내려는 상대는 혹시 동일 인물일까? 친구라고 생각한 나에게도 아직 모르는 일면이 있구나. 당연한 것이지만 새삼스레 생각했다.

나랑 마찬가지로 연애 감정이란 것하고는 인연이 없어 보였는데.

연애 감정이라……. 러브 코미디 소설을 즐기는 나지만, 생각해 보면 언제나 내 일로서 읽기보다는 다른 사람의 이벤트를 바라보는 기분으로 읽은 것 같다.

내가 그런 러브 코미디 같은 상황과 마주칠 거라고 생각한 적도 없었다.

그런 일이 있을 리 없잖아? 현실이라고. 그렇게 상황 좋게 귀여운 여자애랑 알게 되거나 사귀게 되는 일이…….

뭐, 어쩌다가 부모가 재혼했는데 그 딸이 어쩌다가 같은 나이고 그걸 계기로 동거하게 되는 상황이라면 있을지도 없을지도 모르지만. 그래도 그 애가 귀여울— 귀엽군. 객관적으로 봐도 말이다.

아니 잠깐, 나는 대체 아까부터 누구를 상상하고 있는 거지?

분명히 아야세 양은 귀엽다고 생각한다. 그러나 여동생이다.

"아사무라 군?"

그래. 이런 느낌으로 목소리도 귀엽지만, 여동생은 여동생이고— 어?

소리 나는 방향으로 돌아보자, 앉아 있던 자리 옆의 통로에서 내 얼굴을 들여다보고 있는 밝은 머리색의 소녀가 있었다.

환각도 뭣도 아니라, 정말 아야세 양이 거기 있었다.

"여기엔 무슨 일로……."

"여기가 가게랑 가장 가까운 카페니까."

"아…… 그렇네."

신기할 거 하나 없었다. 같은 곳에서 알바를 하고 같은 시간에 일하니까. 시간을 때우기에 가장 적합한 곳이 이 카페였기 때문에, 여기에 아야세 양이 출현할 확률은 유의미하게 높다. 애당초 나도 같은 이유로 이 카페가 좋다고 마루한테 말했었으니까. 우연이라기보다는 필연에 가까웠다.

　그러나, 나로서는 예상 밖의 일이다. 그러니까, 뭐라고 해서 대화를 이어가야 되지?

　"그러면, 나 이만 갈게."

　"어?"

　공회전하고 있던 사고가 강제적으로 리부트됐다. 깨닫고 보니 멀어지는 아야세 양의 등을 나는 멍하니 눈으로 배웅하고 있었다. 여름다운 원숄더 상의에 시원스러운 물빛 숏 팬츠. 허리의 위치는 높다. 마치 모델 같은 체형. 아아, 오늘은 드물게 스니커를 신었네. 옷에 맞춘 건가? 걸어가는 발걸음은 경쾌하다. 가게의 문이 열리고 닫혔다.

　"미안, 기다렸지."

　"어, 아. 마루구나."

　"이제 슬슬 시간 됐다는 걸 깨달았거든. 그래서 급하게 돌아왔는데…… 아사무라. 너랑 지금 얘기한 애, 아야세 아냐?"

　시간? 가게의 시계를 보자, 벌써 알바 시작까지 얼마 안 남은 시각이었다. 그렇구나. 그래서 아야세 양이…….

　"너, 역시 아야세랑 뭔가 있지?"

　"아니, 딱히…… 그렇지는."

　여기서 「않아」라고 잘라 말하면, 나는 거짓말쟁이가 되고 만다. 슬슬 이 녀석 상대로는 솔직하게 말해도 되지 않을까. 딱히 부모님끼리 결혼해서 남매가 된 것뿐이지, 네

가 생각하는 그런 일은 없다고.

네가 생각하는 그런 일이란— 뭐지?

결국 시간이 없다는 걸 핑계로 이 이상 화제가 깊어지지 않도록, 도망치듯 마루와 헤어졌다.

문제 해결을 뒤로 미룬다. 무사안일주의에 빠진 어른을 비판할 권리를 잃은 순간이었다.

아슬아슬한 시간에 사무실로 들어섰다.

유니폼으로 갈아입고, 앞치마를 두르고 가슴에 명찰을 확인한 다음 탈의실을 나서자 마침 아야세 양과 요미우리 선배가 나오는 참이었다.

"안녕, 우리 후배! 오늘도 잘 부탁해!"

"잘 부탁드립니다, 요미우리 선배."

"아사무라 씨, 잘 부탁해요."

"으, 응. 잘 부탁해, 아야세 양."

순간 조금 머뭇거렸다. 카페에서 불시에 만난 영향이 아직 남아 있었다.

"오늘은 이 시간에 일하는 거, 우리뿐인가 봐."

요미우리 선배가 말했다.

다시 말해서, 이 시간의 알바가 세 명밖에 없다는 것이다.

"조금 적은 것 같네요."

"그렇네. 뭐, 괜찮을 거야. 사키 양이 두 사람 몫을 하니까."

"평가가 너무 과하면 곤란해요."

그렇게 말하며 겸손해했지만, 일이 시작되자 그녀의 활약은 빼어났다. 성실한 데다가 빠르다. 새로운 것도 적극적으로 배우니까, 이제 나랑 비교해도 손색없이 일하고 있었다.

아야세 양은 철저하다.

머리색은 금발 그대로지만, 일할 때는 피어스를 빼고 있었다.

요즘 세상에 겉모습 정도로 색안경을 끼고 보는 일은 없을 거라고 생각하지만, 남녀노소가 방문하는 서점에서는 누가 어떤 클레임을 걸어올지 알 수 없다는 거겠지. 자신이 무슨 말을 듣기만 하는 거라면 신경 안 쓰겠지만, 가게에 폐를 끼치는 것은 그녀도 원치 않는다는 것이다.

네일도 옅은 색의 얌전한 것이고, 장식은 안 했다. 이건 카운터에 있을 때 손님 앞에서 책 커버를 씌우거나 할 때 손가락이 눈에 띄기 쉽기 때문이다. 손톱 장식을 하고서도 완벽하게 해낸다면 불평도 안 나오겠지만, 아야세 양은 서점의 업무가 처음이다 보니 일을 배울 당시엔 책에 씌우는 비닐을 떼어내는 손놀림이 조금 어색했다.

업무가 서투른 신입이 화려한 차림을 하고 있으면 클레임이 자주 들어온다.

아야세 양의 리스크 관리에 대한 신중함은 내 상상을 훨씬 넘어서고 있었다.

그리고 에어컨이 켜진 가게 안에서도 말 그대로 이마에 땀을 맺으며 일하고 있을 정도로 성실했다.

같은 시간에 알바를 해도 휴식시간은 겹치지 않도록 한다. 세 명밖에 없는데 세 명이 한꺼번에 휴식하면 여차할 때 손님을 대응할 수가 없고 계산대도 돌아가질 않게 되니까.

2시간쯤 지나 아야세 양부터 휴식에 들어갔다.

휴식이라곤 하나 길진 않고, 10분 정도다. 풀타임으로 일할 때는 중간에 1시간 정도 휴식시간을 가진다. 그러나 오늘은 하프타임의 저녁 근무라 18시부터 22시까지니까, 짤막한 휴식뿐이다.

"그럼 잠깐 빠질게요."

"응. 사키 양, 수고했어~. 느긋하게 쉬어."

"10분이면 돌아와요."

요미우리 선배에게 성실하게 대답하고서, 아야세 양은 사무실 쪽으로 걸어갔다.

"흐으음……."

"왜 그래요?"

아야세 양의 등을 배웅하고 있던 요미우리 선배가 뭔가 생각에 잠긴 표정을 짓고 있었다.

계산대에는 정사원이 들어가 있고, 손님들의 발길도 마침 끊어진 참이었다. 다들 저녁을 먹으러 간 거겠지.

요미우리 선배가 손목을 훌훌 흔들며 나를 불렀다. 이쪽으로 오라는 동작이다.

"뭔데요?"

요미우리 선배가 계산대 뒤의 공간으로 나를 부르더니, 목소리를 죽여서 이야기를 시작했다.

"아니, 사킷치 말인데."

"그 애칭은 또 뭔데요."

"어머, 오라버니가 클레임을 거시네."

"방금 전까지는 사키 양이었고, 공식적으로는 아야세 양이라고 부르지 않았었나요? 마구 바뀌고 있잖아요."

"그럼 이 기회에 정하자. 사키 양, 사키스케, 삿쨩…… 어느 게 좋을까?"

"아니, 그런 선택을 제시하는 건 뭔데요? 아야세 양이면 되잖아요."

"그러면, 사키 양으로."

결국 한 바퀴 돌아 본래대로 돌아와 버렸다.

뭐, 선배가 부르는 거니까 상관없지만요. 설마 그거, 나도 부르라고 할 꿍꿍이는 아니겠죠?

"그래서 아야세 양이 왜요?"

"쳇."

"일부러 혀를 차지 말아주세요."

"진지한 얘기야."

"도저히 안 그럴 것 같아요."

"여동생 말이야. 조금 너무 성실하거든~."

"으음?"

그게 무슨 문제 있나?

"아, 오해하지 마. 성실하고 대단히 부지런하지. 일도 빠르게 배우고, 꼼꼼하면서 완벽하게 하고 있어. 초 우수 사원인 건 알고 있어."

"알바지만요."

"이 녀석, 괜히 휘젓지 마! 하지만, 조~금 못하는 자신을 너무 탓해."

거기까지 듣고 나는 퍼뜩 깨달았다.

요미우리 선배는 어디까지나 자신이 본 느낌이라고 하며 말을 이었다.

아야세 양에게 자책이 지나친 부분이 보인다―. 그건 우수한 인간의 특징이긴 하지만, 언제나 쉬지 않고 계속 전진하는 그녀는 멈춰 서거나 잘 풀리지 않는 순간이 찾아오면 뚝 부러져 버리는 타입이라고 한다.

대학의 지인 중에 병이 생긴 애가 있었는데, 그녀와 아주 비슷한 타입이었다고 요미우리 선배가 말했다.

"그 애도 우수했거든. 초등학교 때부터 뭐든지 1등이었대. 물론 재능만 있는 게 아니고. 그걸 위해서 필사적으로 노력도 했어. 그리고, 대학에 와서 처음으로 막혀버린 거야."

그런 건 흔히 있는 일이리라. 주변 사람들은 그렇게 생

각하겠지.

"인간은, 아무리 노력해도 못하는 일이 한둘 정도 있는 법이야. 그야 인간이잖아. 하지만, 그녀 자신은 그렇게 생각하지 않았어. 그래서 자신이 못한다는 걸 용납 못 했어. 할 수 있을 텐데, 자신이 땡땡이친 탓에 못하는 게 틀림없다고 스스로를 탓했어."

"그래서…… 어떻게 됐어요?"

"고향에 돌아갔어. 시코쿠였던가. 그다음은…… 뭘 하고 있는지 모르겠어. 건강하게 지낸다면, 그것만으로도 기쁜데 말이지."

친구인 것도 아닌 사이의 대학 동료를 그 정도로 신경 쓰는 것만 해도, 요미우리 선배도 충분히 배려가 과하단 말이죠……. 그렇게 생각했지만, 입 밖에 내진 않았다.

어쨌든, 요미우리 선배 말을 계속 들었다. 그런 자책이 너무 강한 사람의 특징은, 적당한 사람이 못 된다는 것이다. 마음 편할 날이 없다. 언제나 긴장하고 있어서 스트레스가 쌓이기 쉽다— 라고 한다.

다시 말해서, 「스스로 멈출 수가 없다」라는 것이다.

그러면 언젠가 마음이 마모되어 버린다. 그런 「달리지 않으면 죽어 버린다」라는 멘탈의 인물을 강제적으로 멈추기 위해서는, 그 사람이 하고 싶은 것을 방해해야 할 때도 있을 거다.

상대를 존중하기 때문에 상대의 자유의지를 가로막아야
할 때가 온다.

그런 이야기를 듣고서 나는 떠올렸다. 아야세 양이 사고
를 폭주시켜서 내 말을 들어주지 않았을 때의 일. 그때 나
는 억지로 그녀의 걸음을 멈춰 세우고 내 말을 듣도록 했
다. 무의식중이었으니까 의식하진 않았겠지만 말이다.

언제나 전력투구, 라고 말하면 듣기 좋을지도 모르지
만…….

"전부 중요하다는 건, 아무것도 중요한 것이 없다고 말
하는 거랑 비슷하니까~."

"비슷한 거란 말이죠? 선배는 『같다』라고 말하진 않네요."

"정말로 전부 중요한 사람도 있으니까. 천재는 있어. 하
지만, 대부분의 사람들은 평범한 사람이니까. 손으로 잡을
수 있는 건 몇 개 되지도 않는 거야. 전부 건질 수 있다고
생각하지 않아도 돼."

"그렇군요. 공부가 되네요."

"그러니까, 정말로 중요한 것을 위해 기력을 아껴둬야
하는 거야. 적당함은 필요해. 알겠어?"

"네. 쉬지 못하는 사람에게 쉬라고 말을 하란 거군요."

"정답! 역시 우리 후배. 그러니까 내 휴식시간이 늘어나
도 용서해줄 거지?"

천연덕스레 말하면서, 요미우리 선배는 양손을 마주 쥐

고 부탁하는 포즈를 취했다.

진지한 이야기에서 물 흐르듯 태만해졌는데.

"뭐가 『그러니까』인데요. ……어디 보자, 뭔가 용건이 있는 거죠?"

"일 끝나는 시간까지 기다리면 가게가 문을 닫아버려. 왕복 15분 걸리는 가게거든~."

나는 한숨을 쉬었다. 이 사람은 정말이지…….

"알았어요. 제 휴식시간을 양보해드릴 테니까, 그 뭔지 모를 걸 사러 다녀오세요."

"역시 우리 후배, 예~이!"

"하이파이브는 안 합니다."

"리액션이 신통찮네에~."

"변화의 속도를 따라가지 못하고 있습니다."

처음 알게 된 사고방식을 알려준 요미우리 선배에게 기껏 감탄하고 있었더니만. 새삼 어른이구나, 하고 생각한 참인데 마지막에 이런다니까. 꽝이잖아.

"뭐어, 여동생이 정말로 소중하다면…… 조금 더 파고드는 편이 좋을지도 몰라."

그렇게 말하고 요미우리 선배는 계산대 쪽으로 돌아갔다.

"소중하다면 파고들어라, 란 말이지."

딱히 농담을 한 건 아니었던 모양이다.

정말로 선배는 알 수 없는 사람이야.

오늘로 며칠째 열대야일까? 알바가 끝난 시간에도 기온이 내려가질 않았다.

돌아가는 길, 오늘도 나는 자전거를 밀면서 차도 쪽을 걸었다. 아야세 양이랑 둘이서 밤길을 걸으며, 나는 요미우리 선배의 말을 떠올리고 있었다.

지난 한 달, 아야세 양은 열심히 알바에 힘을 쏟고 있었다.

그건 그녀의 목적인 장래 자립해서 생활할 자금을 모으기 위해서일 것이다. 내가 단기간에 돈벌이가 되는 방법을 알아내지 못한 탓도 있어서, 그녀는 가까운 사람에게 노하우를 흡수하기 쉬운 서점 알바를 고른 것이다. 그건 그거대로 납득할 수 있다.

다만, 아버지가 말한 것처럼 아야세 양이 놀러 가는 모습을 나도 지난 한 달 못 봤다.

마루에게 들은 이야기도 신경 쓰였다.

—쉬지 못하는 사람에게 쉬라고 말을 하란 거군요.

으음. 그러면 한 번 물어볼까…….

"아야세 양. 혹시 나라사카 양한테 워터파크 놀러 가잔 소리 못 들었어? ……나도 불렀다고 들었는데."

"……마아야한테 직접 연락 받았어?"

아야세 양이 눈썹을 찌푸리면서 곧장 되물었다. 아무래도 나라사카 양이 워터파크 놀러 가자고 한 건 정말인가 보네.

"연락은 안 왔어. 나라사카 양도 내 연락처는 모를 거고."

"그러면 어떻게 그걸?"

명백하게 수상해하는 표정이네.

"그런 계획이 있다고, 딴 친구가 한 이야기를 우연히 들은 것뿐이야. 나도 몰랐거든."

나는 친구를 통해서, 나라사카 양이 친구들을 모아 워터파크에 가는 계획을 세우고 있다는 이야기를 접했을 뿐이라고 설명했다.

"아사무라 군은, 가고 싶어?"

한순간, 나는 그 말을 「나랑 같이 가고 싶어?」라고 물어본 것처럼 느껴버렸다. 금세 그게 아니라, 내가 워터파크에 흥미가 있는지 물어봤을 거라고 생각을 고쳤다.

아야세 양이 이런 질문을 할 때는 대개 말 그대로의 뜻이다. 오해가 들어갈 여지를 싫어하는 그녀다. 플랫하게, 내가 가고 싶은지 아닌지를 물어보는 거다. 그러니까 나도 지금 머리에 떠오른 걸 그대로 대답해야겠지.

"솔직히, 활발한 사람들이랑 워터파크에 가면 나만 붕 뜰 것 같으니까 조금 거북해."

쓴웃음이 얼굴에 떠오르는 것을 자각하면서 나는 말했다.

"그렇구나. 그러면 억지로 참가 안 해도 되지 않을까?"

매정하게도 느껴지는 그 말에 나는 뭔가 걸리는 걸 느꼈다. 그것이 어떤 감정인지는 확신할 수 없었다. 화낸 것처럼 보이기도 하고, 쓸쓸한 것처럼 보이기도 하고, 어째서인지 안도한 것 같기도 했다.

"아야세 양은 워터파크 안 가?"

내가 물었다.

"안 가."

아야세 양이 대답했다.

"왜?"

"……."

굳이 한 발 파고들어 그것까지 물어봤지만, 그녀는 입을 다물고 대답을 하지 않았다. 바로 옆의 도로에선 끊임없이 차가 지나고 있었다. 어쩌면 안 들린 걸지도 모른다고 생각했지만, 만약 들었으면서 입을 다문 거라면 더 이상 끈질기게 물어보는 것이 민폐일지도 모른다.

다만, 위화감은 남았다.

―안 가.

대체 아야세 양은 어떤 감정으로 말한 걸까?

돌아가는 길 앞에 맨션의 불빛이 보였다. 자전거를 보관소에 세우려고 그녀를 먼저 올려보냈다. 혼자가 되어서 집의 문을 열 때까지, 계속 그녀에 대해 생각했다.

●8월 24일 (월요일)

아침, 잠에서 깨어 거실로 가자 아무도 없었다.

아버지랑 아키코 씨가 없는 건 알고 있었다. 아버지는 이미 출근했고, 아키코 씨는 아직 돌아오지 않았다. 늦어진다(라기보다 이 경우는 아침에 돌아오게 된다, 라고 해야 하나?)는 연락이 있었다.

그렇지만, 평소에는 이 시간에 일어나 있을 아야세 양의 모습도 없다. 자기 방에 있나? 하지만 오늘은 그 정도로 덥지도 않고 거실 안은 적당하게 시원…….

응? 시원해?

그때 마침내 깨달았다. 거실이 선선하게 식어 있었다.

에어컨에서 무사히 냉기가 나오고 있었다. 고쳤구나. 어젯밤에는 돌아오는 게 늦었던 데다가, 저녁도 안 먹고 금방 내 방에 틀어박혀 버렸으니까 눈치 못 챘다. 어제 업자를 불러 에어컨을 수리한 모양이다. 쇼핑을 가고 싶어 하셨는데, 고치는 걸 우선한 걸지도 모르겠네.

계속 켜둔 이유는 내가 금방 일어날 걸 알고 있어서겠지.

식탁을 보았다. 아침은 준비가 되어 있었다.

혹시나 싶어 휴대전화를 확인하자, LINE으로 아야세 양의 메시지가 들어와 있었다.

『아침식사 준비했으니까 먹어. 나는 먼저 먹었어.』

그렇다면, 아야세 양은 벌써 일어나 있구나.

역시 자기 방에 틀어박힌 모양이다. 공부나, 아니면 방 정리라도 하고 있나?

나는 감사의 말을 LINE으로 보낸 다음 평소 내 자리에 앉았다.

"오늘은 일식이네."

생선용 파란 접시에 연어살 구이가 있고, 구석에는 간 무와 오독오독 씹을 수 있는 작은 매실 두 알이 정갈하게 곁들여져 있었다. 옆의 접시엔 조미김 팩이 하나. 그리고 따로 큰 그릇에 샐러드. 온천여관에서 볼 법한 아침식사라고 할 수 있다.

늘 그렇지만 고마운 일이라고 생각하게 된다.

메뉴를 확인하고서 나는 빈 공기와 된장국용 그릇을 들고 일어섰다. 된장국을 다시 데우는 사이에 보온되어 있는 밥을 공기에 담았다. 끓어오르기 전에 스위치를 끄고 된장국을 담아 다시 자리로 돌아왔다.

"잘 먹겠습니다."

손을 마주 대고, 나는 아야세 양이 준비해준 아침 식사를 먹었다.

간 무에 간장을 뿌려서 스며들자, 그걸 연어에 올렸다. 젓가락으로 잘라낸 연어살 조각을 무와 함께 먹었다.

씹자마자 입 안에 생선의 단 맛과 무의 매콤함이 어우러져 혀 위에 확 퍼졌다.

생선도 맛있네. 고기랑은 또 다르게 맛있어. 간 무 덕분에 뒷맛도 깔끔하다. 이건 쌀밥을 몇 공기든 먹을 수 있는 녀석이다.

심플한 일식도 좋군. 메마른 감상을 품으면서, 다음은 된장국에 손을 뻗었다. 오늘 아침 된장국 건더기는 나도팽나무버섯이다. 된장이랑 어우러진 버섯의 매끈한 식감을 씹어 맛보면서, 국물과 함께 목 너머로 조금씩 삼켰다.

아야세 양의 된장국은 오늘도 맛있다.

매번 감상을 LINE으로 보내고 싶지만, 일일이 그런 메시지를 보내면 기분 나쁠지도 모른다고 생각하게 된다. 그래서 아직도 그 자리에서 말할 수 있을 때밖에 말을 못하고 있다.

그래서 마음속으로만 조용히 감사와 감상을 보냈다.

언제나 맛있는 된장국 고마워, 아야세 양.

다 먹고서 식기를 씻고 정리까지 마치자, 알바 시간까지 아직 조금 여유가 있었다. 어떡할까 생각하다가 거실을 둘러봤다. 좋아, 청소라도 하자.

식탁 위의 요리에는 먼지를 막기 위해 랩을 씌웠다. 냉장고에 넣을까 생각도 했지만, 아키코 씨가 이제 곧 돌아올 테니까 구운 생선을 너무 식히는 것보다 괜찮을 거라고 생각했다. 안 드신다고 하면 넣어두면 되지.

청소의 기본은 위에서 아래로. 먼지는 아래로 떨어지니까. 닦을 수 있는 곳을 닦고, 바닥을 가볍게 쓸고 나서 플로어링용 걸레를 써서 바닥을 닦았다. 익숙한 순서로 손을 움직이는 작업을 하자, 머리 쪽이 한가해져서 별거 아닌 생각을 하게 된다.

예를 들어서, 아야세 양. 역시 요즘 좀 이상하단 말이지.

돌이켜보면 그때부터였던 것 같다. 이틀 전이다.

『마아야 말인데, 신경 쓰지 마. 여름 방학에 놀러 다니는 사이는 아니니까. 아사무라 군도, 그렇게 알아줘.』

아무리 생각해도 일부러 방까지 와서 말할 내용이 아니었지.

그런 비합리적인 일을 아야세 양이 할까?

"으음~."

청소하는 손이 멈추고, 걸레 자루에 턱을 올린 채 소리를 냈다.

그러고 보니, 또 하나 떠올렸다.

마루 말로는 나라사카 양의 워터파크 계획에 나도 포함되어 있다고 한다. 그러나 정작 나는 아직 연락을 못 받았다. 애당초 나라사카 양의 그룹 중에 내 연락처 따위를 아는 사람도 없을 테니 당연하지. 부르고 싶어도 못 부른다.

그렇다면, 나라사카 양은 어떻게 할까? 아마도 아야세

양에게 전달할 때, 「나도 불러야 돼」라고 말하지 않았을까?

그걸 들은 아야세 양 본인이 가고 싶지 않다는 이유로 안 가는 건, 자연스러울 수 있다. 그러나 그녀가 그 제안 자체를 나에게 말하지 않은 것은 부자연스럽다.

내가 아야세 양의 입장이었다면 어떻게 했을까 생각해봤다. 예를 들어 마루가 같은 것을 계획해서, 나에게 아야세 양도 부르라고 했다면? 그렇지. 나라면 내가 가지 않더라도, 아야세 양에게는 일단 말을 전할 거다. 마루가 이렇게 말하면서 부르더라, 이런 식으로 말이다.

안 그러면, 내가 멋대로 판단해서 아야세 양이 즐길 기회를 빼앗게 되어 버리니까.

나와 그녀의 페어한 관계에 그것은 전혀 걸맞지 않은 행동이었다.

어째서 아야세 양은 말하지 않았을까? 뭔가 이상하다. 생각에 빠지다 보니 손이 완벽하게 멎어 있었다.

"이럼 안 되지."

거실 청소를 재개했지만, 내 머리는 아야세 양의 부자연스러운 행동에 대해 계속 생각하고 있었다. 그러는 사이에 바닥을 다 닦았다. 그 타이밍에 현관문이 열리는 소리가 나더니, 아키코 씨가 졸린 기색으로 비틀거리며 돌아왔다.

"아…… 유우타. 안녀흐암~."

"어서 오세요. 수고 많으셨어요. 뭔가 드실래요?"

"응. ······아이스크림만 먹고 잘 거야."

아키코 씨가 밤새 일하고 반쯤 감긴 눈꺼풀로 그런 말씀을 하신다.

나는 냉동고를 열어 안에 가득한(아키코 씨가 좋아한다고 해서, 우리 집 냉동고에는 아버지가 잔뜩 산 각종 아이스크림이 꽉꽉 차 있다) 아이스크림 하나를 꺼내 내밀었다. 딸기맛 막대 아이스크림이다.

"그러고 보니 에어컨, 어제 고치셨네요."

"응······. 아~, 그랬어. 그 뒤에 금방 타이치 씨가 업자를 불러줘서······."

얼마나 졸리신지, 말이 띄엄띄엄하다.

의자에 앉아서 아이스크림을 먹으며 아키코 씨가 말한 내용에 따르면, 에어컨 고장의 원인은 필터 오염이었다고 한다. 아버지가 괜히 자기가 점검을 하려고 하다가 이상하게 되려던 것을, 업자가 제대로 대응해주었다고 한다.

아버지······. 아키코 씨 앞에서 멋진 모습이라도 보여주려고 하니까 그렇지.

하지만, 아키코 씨가 별 생각 없이 입을 열었다.

"어제까지 시원스러운 표정으로 건강하게 작동하던 에어컨이 갑자기 고장 났는걸. 기계는 어렵네~."

그 말을 듣고, 내 심장이 크게 뛰었다.

어제까지 시원스러운 표정으로— 갑자기 고장 났다는 그

말과, 요미우리 선배에게 들은 성실한 사람이 문득 갑자기 망가져 버린다는 이야기가 이어져서 마음에 걸렸다.

기계뿐 아니라, 인간도 마찬가지일지도 모른다.

―너무 성실해서, 스스로 멈출 수가 없어서.

언젠가 갑자기 마음이 뚝 부러져 버릴 수도 있다. 멈춰 줄 필요가 있으며, 그걸 위해서는 누군가 강하게 말을 해야 한다…….

다만, 그녀는 그것을 얼마나 받아들일까?

"아야세 양은, 본인이 바라는 행동을 억지로 가로막는 사람을 싫어할까요?"

일단 좀 더 아야세 양의 성격을 파악해야 한다. 그렇게 생각한 나는 어머니인 아키코 씨에게 물었다. 내 물음에 그녀는 아이스크림을 드시다 말고 허공을 바라보며 생각에 잠겼다.

"응~? 그건 과감하게 다가가는 걸 싫어할까, 라는 거야?"

"과, 과감한……?"

아아, 뭐 그런 뜻으로도 볼 수 있겠구나.

다만, 뭔가 어감이 이상한 것 같기도 하다.

"다가간다……고 할까요. 음……. 예를 들어 멋대로 계획을 세우고 놀러 가자고 한다거나, 그런 거 말인데요."

"강하게 데이트 신청을 하는 걸 좋아하냐 아니냐 말이지? 그렇네. 걔 성격으로 말하자면, 그런 건 싫어할 거라고 생각해. 하지만, 제대로 된 순서를 거쳐주길 바라는 건 여자애라면 다들 생각하지 않을까?"

"싫어한다……. 역시, 그렇겠죠?"

내가 봐도, 아야세 양은 아키코 씨가 말한 성격인 것 같았다. 그렇다면 어떤 프로세스를 거쳐야 그녀를 멈출 수 있을까……?

"응? 데이트 신청하고 싶어? 혹시 유우타…… 사키를 좋아하게 된 거야?"

끼어드는 것처럼 갑자기 그런 말을 듣고, 내 사고가 멎었다.

네? 저기, 지금, 뭐라고 했지? 나는 당황해서 아키코 씨와 대화한 내용을 돌이켜 보았다. 초조해졌다. 혹시 나, 아키코 씨가 착각하게 만든 건가?

"아, 아니에요! 그런 게 아니라. 남녀관계 얘기가 아니고, 말이죠. 아야세 양은 무리를 해버리는 성격인 것 같아서."

이건 사정을 제대로 설명해야겠다. 나는 어제 요미우리 선배와 대화한 내용을 아키코 씨에게 말했다. 차근차근.

그러자 아키코 씨가 납득하여 미소를 지었다. 아무래도 이해해준 모양이다. 나는 안도하며 가슴을 쓸어 내렸다.

"그런 거구나. 나는 유우타가 사키를 여자애로 좋아하게 된 줄 알았어."

"그런 건……."

있을 리 없는 일이다.

왜냐면, 아야세 양은 여동생이니까. 여동생이라고. 있어서 안 된다. 있을 리 없다.

"그렇네. 사키는 그런 구석이 있다고 생각해."

아키코 씨가 조용히 흘린 말에, 나는 퍼뜩 정신을 차렸다.

"걔가 중학교 들어갔을 즈음에, 내가 너무 바빠져 버렸어. 하지만 사키는 그런 나를 배려하기 위해, 내 부담을 줄이려고 했어. 결국 그 나이 애들보다 훨씬 더 똑 부러지는 애가 되어 버렸어."

"확실히…… 그렇게 보여요."

"그래. 좋은 것처럼 보이지만, 그렇게 된 계기는 내가 신경 써주지 못하게 됐기 때문일 거란 말이지……. 반성하고 있어. 걔한테 어리광을 부린 게 아닌가 해서. 사키한테는 떼쓰는 어린아이의 시간을 더 주고 싶었지."

어린아이의 시간을 더 주고 싶었다.

아키코 씨의 그 말에 나는 가슴이 턱 막혔다. 예전에 본 사진 속의 아야세 양을 떠올렸다. 아이스크림을 조르거나, 워터파크에 가고 싶다고 떼쓰는 아야세 양. 하지만 그녀는 그런 어린 시절을 혼자 억지로 끝내고, 누구에게도 의지하지 않고 자립하여 살아가기로 정했다.

처음에는 어머니의 부담을 줄여주고 싶었을 것이다. 지

금은 그것뿐이 아닐지도 모르지만.

그러다 내 이름을 부르는 소리에 고개를 들었다. 아키코 씨가 진지한 눈동자로 나를 보고 있었다.

"이런 거, 의붓아들인 유우타에게 부탁할 일은 아니지만……사키가 너무 혼자 앓지 않도록 적당하게 숨 고르기를 시켜주면 좋겠어. 만약 본인이 싫어한다면, 그때는 방금 말한 것처럼 다소 억지로라도 괜찮아."

아키코 씨의 부탁에, 나는 살짝 망설였다. 그러나 확실하게 고개를 끄덕였다.

나는 지금까지 가능한 타인에게 파고들어 가까워지지 않으려고 했다. 타인의 인생에 책임을 져줄 수도 없고, 지고 싶지도 않다. 반대로 나도 누가 내 인생에 파고들어오면 거북하니까. 서로를 의지하며 부하를 거는 관계는 사양하고 싶었다.

『나는 당신에게 아무것도 기대하지 않을 거니까, 당신도 나에게 아무것도 기대하지 말아줬으면 해.』

처음으로 아야세 양과 만났을 때 들었던 그 말에 깊게 안도한 것도 그 때문이다. 거리를 너무 좁히지 않는 편안한 인간관계를 맺을 수 있다면, 그것이 제일이라고 생각했다.

하지만, 이대로 가다가 그녀가 꺾여버린다면 못 본 척할 수 없다.

설령 미움을 받아도.

"괜찮아. 미움 받으면, 사키가 정말 좋아하는 거 가르쳐줄게."

"좋아하는 거……. 흠…… 그걸로 기분이 나아질까요?"

"물론이지!"

활짝 웃는 아키코 씨. 멋진 미소였다. 나로서는 그런 세상 좋은 처방전이 있는 걸까 의심스럽지만, 그래도 그녀의 말에 끄덕였다.

역시, 아야세 양에게 미움 받기는 싫다.

동거하고 있는 여동생이니까.

에어컨의 조용한 소리만이 거실에 울리고 있었다.

아키코 씨가 먹고 난 아이스크림 막대를 싱크대의 삼각 코너에 던져 넣었다. 어지간히 졸린 모양이다. 그대로 비틀비틀 몸을 흔들면서 침실로 걸어갔다. 넘어지지 않아야 할 텐데. 수고하셨습니다. 푹 쉬세요. 자, 그러면…….

나는 결국 먹지 않고 남겨진 생선구이를 냉장고에 넣고, 그대로 아야세 양의 방으로 갔다. 노크를 하고 대답을 기다렸다.

"왜?"

문틈으로 아야세 양의 책상 일부가 슬쩍 보였다. 펼쳐놓은 교과서와 노트. 손에 헤드셋을 들고 있는 건 지금 벗었기 때문일까. 오늘은 이어폰이 아니라 귀를 모두 덮는 타입이다. 로우파이 힙합을 들으면서 공부……일까? 에어컨을 켜놔서, 거실보다 조금 시원했다. 아야세 양은 더위에 약하다고 아키코 씨가 말했었지.

"있잖아, 나라사카 양이 불렀다는 워터파크 말인데—."

"안 가."

음. 말이 끝나기 무섭게 대답이 돌아왔다. 내가 말문이 막힌 것을 보고, 변명하듯 덧붙였다.

"워터파크에 정신 팔려 있을 시간, 없으니까."

'—이런 점이란 말이지.'

아야세 양은 결코 나를 화나게 하려는 게 아니다. 그녀에게 놀 시간을 만든다는 것은 「도피」로 인식되는 것이다. 때로는 정신 팔려 있을 시간도 필요하다고 생각하지 않는다. 대쪽 같은 올곧은 마음의 소유자, 라는 고풍스러운 표현이 떠올라 버렸다.

정면으로 부딪히기만 해서는 아야세 양이 오기를 부릴 뿐이라고 생각했다. 나는 한 번 숨을 내쉬고 말했다.

"알았어. 그래도 괜찮아. 근데 나는 참가하기로 마음을 고쳤거든. 그러니까 저기, 나라사카 양의 연락처를 가르쳐 줄 수 있을까?"

일단은 나 자신이 정신을 팔아서, 아야세 양도 너무 팽팽한 긴장을 느슨하게 만들도록 유도한다— 그런 작전이다.

아야세 양이 돌리고 있던 눈을 삭 움직여 맞추었다.

"싫어."

"어? ……응?"

깜짝 놀랐다. 예상외의 강한 태도로 부정당할 줄은 몰랐다.

아야세 양은 논리가 뒷받침되지 않고 감정에만 휘둘리는 언동을 싫어한다. 그러니까 나라사카 양의 연락처를 가르쳐줘, 라고 말했을 때 싫어하는 상황은 생각하지 못했다. 그녀가 나에게 연락을 하려고 한 것은 사실일 테니까.

다만 「싫어」라고 말한 아야세 양 자신도, 자신의 말에 놀란 표정을 짓고 있었다.

"저기, 그게 아니라. 남의 연락처, 멋대로 알려주는 건…… 그게, 매너 위반이니까……."

"아아……."

그렇지. 그건 맞는 말이다. 제대로 된 논리가 있다. 개인 정보는 보호해야 하니까. 역시 그런 부분은 똑 부러지네, 아야세 양.

나는 그때는 순순히 그렇게 생각하여 납득했다.

"마아야한테 물어볼게. 답장 올 때까지 기다려 줘."

"알았어."

LINE이든 메일이든 보내서 물어보는 거겠지. 그렇다면 그렇게 시간이 걸리지 않을 거라 생각했다. 공부를 해야 한다고 하기에, 일단은 물러났다. 어차피 저녁부터 알바로 만나게 되니까. 그녀의 방문을 닫고 내 방으로 돌아갔다.

실제로 워터파크에 데리고 갈 수 있을지는 그렇게까지 중요하게 생각하지 않았다. 아야세 양은 지금, 눈앞에 쌓여 있는 공부나 알바를 우뚝 솟아있어 움직일 수 없는 산처럼 생각하고 있다. 그렇게 생각을 하면 심리적인 압박이 상당할 거야.

워터파크에 갈 수 있을지 없을지는 이야기의 본질이 아니다. 그녀가 꺾이기 전에 한숨 돌리면 좋겠다. 그 정도로 생각했다.

알바하러 서점 갔을 때 또 물어봐야지.

오후가 되어 나는 집을 나섰다.

맹렬하게 가열된 콘크리트에서 피어오르는 숨 막히는 공기를 헤치고 자전거 페달을 밟았다. 언덕길이 많아 기복이 심한 길. 거리로 따지면 역 몇 개 분량이다. 금방 꺼낼 수 있도록 가방을 넣은 자전거 앞 바구니 틈에 미네랄워터 페트병을 끼워 넣어뒀으니, 열사병 대책도 만전이었다.

옷의 안쪽에서 땀이 흘러내리는 걸 알 수 있었다. 기분 나쁜 감각에 표정을 찌푸리면서도, 나는 이 이동시간을 싫어하지 않았다.

여름 방학이라 대학생들이 넘치는 오모테산도의 한가운데, 엉뚱하게 격식을 차린 건물이 하나 있다.

도쿄대 현역 합격을 노린다고 선전하는 유명한 학원이

었다.

　자전거를 세우고 이 건물 안에 들어가면, 묘하게 안도의 마음이 든다. 시부야나 오모테산도의 번잡한 공간보다도, 이런 성실한 공간이 나에게 훨씬 잘 맞는다고 느끼기 때문이다. 학원 근처에도 젊은이들 사이에서 화제인 부티크라던가, 인스타에 올리기 좋은 모습의 팬케이크 가게가 있어 지금도 여대생으로 보이는 행렬이 눈에 띠었다.

　나는 교실 안으로 들어가서, 되도록 구석 자리를 잡았다. 학교의 교실과 달리 학원에는 정해진 좌석이 없지만, 나도 모르게 비어 있다면 매번 같은 위치에 앉게 되는 건 인간으로서의 습성이란 걸지도 모르겠다.

　참고로 나는 이 학원의 정규 수강생이 아니다. 여름 방학 한정으로 여름 강습만 받으러 왔다.

　나 말고 다른 학생도 거의 그런 모양인지, 가까운 친구 사이의 대화 같은 것은 없다. 다들 참고서를 펼치고 묵묵히 자신의 과제를 보고 있었다.

　내가 다니는 스이세이 고등학교도 입시명문이라지만, 학교에서는 이 정도로 모두가 성실한 게 아니다. 그걸 생각하면 분위기가 딱딱하고 느슨하고의 차이는 성적이나 성격보다도 단순히 인간관계에 따른 부분이 큰 것 같았다.

　학생의 모습도 그렇다. 검은 머리, 과도한 장식이 없고, 화장도 안 하고, 괜히 단추를 풀지도 않는다. 일반적으로 성실하다고 평가되는 타입이 많았다. 참고서를 보는 시선의 날카로움도 학교에서 보는 학생들과 전혀 달랐다.

아야세 양 같네.

아무 맥락도 없이 그런 생각을 했다.

패션이나 머리색 같은 겉모습에선 전혀 일치하는 부분이 없지만, 적극적인 자세와 시선에서 스며 나오는 진심은 닮았다.

전력을 다한다. 그리고 여유가 없다.

되도록 높은 점수를 받을 수 있게 되어서, 자신의 실력이 닿는 범위에서 그럭저럭 좋은 대학에 들어가면 된다고 생각하는 나하고는 다르다. 싸우는 인간의 눈, 이라는 거다.

다만 여기에 있는 그들과 비교하더라도, 아야세 양이 자신을 몰아세우는 모습은 일반적인 수준을 벗어난 것 같았다. 경제적인 자립도 노리는 데다, 이렇게 돈을 지불하는 여름 강습에 참가하지 않고 독학으로 공부하고 있으니까. 보통은 수험생이 독학을 하겠다고 주장하면 단순히 오기를 부린다거나 청개구리라고 야유를 받을 법하지만, 실제로 거의 모든 과목에서 고득점을 기록하고 있으니 냉소파도 입을 다물 수밖에 없다.

지난달까지 있었던 현대문학이라는 약점도 지금은 상당히 극복했으니, 점점 더 빈틈이 없는 수험생으로 완성되어 가고 있었다.

……그러나 그녀만큼 노력의 귀신이 아닌 나는, 이렇게 차근차근 가르침을 청해 조금씩 레벨 업을 해야 한다. 자신의 분수를 아는 건 일에 있어 중요하다.

"저, 저기…….."

"응? 앗, 네. 무슨 일인가요?"

가녀린 목소리를 듣고, 나는 한순간 늦게 대답을 했다. 다른 학생이 말을 거는 건 여름 강습에서 처음 있는 일이라, 나한테 말을 걸었다는 걸 반사적으로 깨닫지 못했다.

목소리의 주인은 옆자리에 앉은 여학생이었다. 매번 그렇진 않지만, 근처 자리에 앉는 걸 몇 번인가 본 적이 있다. 생김새와 머리 모양, 패션에선 특이한 부분이 없는 수수한 인상의 여학생이었는데, 딱 한 가지 기억에 남기 쉬운 커다란 특징이 있었다.

신장이다.

180센티미터 정도는 되지 않을까? 나보다 머리 하나 정도 키가 커서, 눈앞에 있기만 해도 묘한 압박감이 있었다.

그녀는 그 큰 키에 안 어울리는 자신 없는 목소리로 말했다.

"뭘 떨어뜨렸어요."

"아, 아아. 고마워요."

참고서를 펼쳤을 때 떨어진 모양이다. 낯익은 책갈피 하나가 떨어져 있었다.

감사 인사를 하면서 그것을 줍자, 책갈피를 보고 있던 그녀와 눈이 마주쳤다.

"여름 페어 책갈피. 역 앞의 서점에서 받을 수 있는 거네요."

"어, 아아. 네."

차마 거기서 알바를 한다고 말할 수는 없었다. 초면인 사람에게 함부로 자신의 정보를 말할 수는 없으니까.

"저도 거기 자주 다녀요. 우연이네요."

"이 근처에서 생활하면, 책을 살 곳은 대강 거기가 아닐까요?"

"그렇네요. 아하하."

키가 큰 여학생이 가볍게 웃었다.

대화는 그걸로 끝. 딱히 나랑 무슨 얘기를 하고 싶었던 게 아니라, 그냥 친절해서 말을 걸었고 공통의 화제를 발견했으니까 자연스럽게 서점 이야기를 한 것뿐인가 보다. 딱히 의미는 없는, 일상적인 대화다.

이미 자기 자리에 앉은 그녀의 옆모습을 힐끔 보고, 나는 어쩐지 모르게 석연찮은 느낌을 받았다.

……이런 손님이, 온 적 있었나?

같은 학생이니까 생활시간대는 비슷할 것 같은데, 계산대에서 그녀를 본 기억이 없다. 이 정도로 특징적인 모델 같은 신장이라면 잊을 리가 없을 텐데.

하긴 나도 맨날 알바를 하는 게 아니고, 그녀도 자기 말만큼 자주 서점에 다니는 게 아니리라. 평범하게 엇갈리는 것도 있을 수 있는 일이다. 그렇게 납득하고, 나는 자기 자리에 다시 앉았다.

오늘의 여름 강습이 평소와 조금 달랐던 것은 그 정도다. 그 이상 그 여학생과 대화하는 일도 없이, 지극히 평범한 시간이 지나갈 뿐이었다.

그렇게 오후부터 저녁까지, 하염없이 수험공부에 힘을 쏟았다.

마지막 수업을 마치고 시계를 확인하자, 마침 알바 시간까지 앞으로 40분 남은 시간이었다. 알바하는 가게까지는 자전거로 10분이면 갈 수 있는 거리. 당연히 학원을 골랐을 때는 이 편리성을 중시했다.

참고서를 가방에 넣고 발 빠르게 학원을 나와, 보관소에서 자전거의 열쇠를 풀었다. 여름 방학 시기에는 상당히 자주 하는 동작이며, 반쯤 루틴이 되어 있어서 이 순간은 뇌를 전혀 쓰지 않았다.

그러나, 평소와 다른 일이 일어났다.

"어라?"

나는 무심코 눈을 깜박였다.

멍하니 자전거 페달을 밟은 내 시선의 앞, 학원 바로 앞에 있는 여성들 사이에서 화제인 팬케이크 가게의 테라스

자리에 잘 아는 사람이 있었으니까.

검고 긴 머리칼을 세련된 헤어밴드로 정돈했고, 피부를 여유롭게 가리는 부드러운 천 상의와 플레어스커트. 청초한 아가씨 같은 차림의 여성은 틀림없이 의지가 되는 알바 선배, 요미우리 선배다.

함께 있는 건 대학의 친구들일까? 선배는 세 명의 여성과 함께 테라스의 4인석에 자리를 잡고, 고상하게 포크를 다루어 팬케이크를 가르면서 뭔가 진지한 표정으로 의논하고 있었다.

거리가 가깝고 그녀들의 목소리가 크기도 해서, 나한테까지 대화가 들렸다.

여성 중에서 두 명은 요미우리 선배와 비슷한 나이의 여대생 같았지만, 또 한 명의 여성은 명백하게 관록이 다른 모습이다. 성숙한 분위기를 풍기고 있었다.

대학생들이 계절감 있는 산뜻한 복장인 것에 비해, 그 지적인 분위기를 두른 여성은 한여름인데도 소매가 넉넉한 긴 소매의 카디건을 자연스럽게 걸치고, 품평하듯 요미우리 선배 일행을 보고 있었다.

"자, 누구 반론할 수 있니? 우리의 인문과학은 자연과학과 비교해서 사회에 공헌할 수 없는 헛된 학문이라 불리며, 존재가치를 의문시 당하고 있어. 이대로는 너희들이 하는 연구의 정당성이 부정되고 말지."

위축되었는지 서로 긴장된 표정으로 시선을 나누며, 여대생들이 대답을 머뭇거리고 있었다.

지적인 여성은 여유가 가득한 미소를 유지하면서 우아한 손놀림으로 눈앞의 팬케이크를 갈라, 입으로 옮겼다.

유행하는 팬케이크 가게에서 할만한 대화는 명백히 아니었다. 하지만 주위의 다른 손님은 대화의 의미를 이해 못한 나머지 오히려 신경이 안 쓰이는지, 의외로 위화감 없이 자연스럽게 녹아들어 있었다.

그런 이질적인 분위기 속에서, 과감하게 입을 연 사람이 있었다.

요미우리 선배다.

"실험을 통해 재현성이 있는 법칙을 찾아내는 것이 자연과학이라고 정의한다면, 과학기술의 발전이라는 점이나 인간사회에 대한 공헌도는 자연과학이 높아요. —그게 진실인 이상, 자연과학을 부정하는 관점에서 반론해도 반박할 수 없다고 생각합니다."

"현명하군. 반론을 위해 진실을 뒤트는 건 좋지 않은 접근법이라는 걸 자네는 잘 알고 있어."

"네. 그걸 전제로, 인문과학 연구엔 의의가 있습니다."

"어떤 의의가 있지? 문학이나 역사적 사실의 연구 따위 그저 놀이다. 국가의 귀중한 연구자원을 그런 쓸데없는 학문에 투자하는 것은 낭비가 아닐까?"

"선조가 걸어온 역사를 풀이하는 것은, 인간이란 어떠해야 하는가에 대한 근원적인 물음에 있어 불가결합니다."

"과연 그럴까? 문학도 역사도 과거의 어떤 인물이 남긴 기록에 지나지 않아. 그것을 이해한다고 해서 인간이라는 생물의 일반적인 경향 따위 파악할 수는 없지 않나?"

"과거를 알면 미래를 알 수 있어요. 현대의 문제를 해결하는 힌트를 과거에서 찾을 수 있지 않을까요?"

"역사는 반복된다, 이건가?"

"네. 온갖 사회적 항쟁의 원인은 과거에 몇 번이나 반복되었을 정도로 유사합니다. 과거를 배워 현대에서 적절한 답을 이끌어낼 수 있지 않을까요?"

"아아, 그건 무리가 있어. 요미우리 군."

"네?"

"역사는 반복된다는 격언 자체가, 과거에 존재한 어느 인간의 감상에 지나지 않아. 정확한 수치로 나타나는 데이터가 거의 존재하지 않는 과거를 아무리 연구해봐야 사상의 재현성은 증명 불가능하지."

"윽……."

아픈 곳을 찔렸는지, 요미우리 선배가 말문이 막혔다.

지적인 여성은 팬케이크를 가르던 나이프를 든 손을, 버릇없이 얼굴 옆에서 빙글빙글 돌리고 말했다.

"현대는 온갖 사상을 데이터로 관측하는 것이 가능해졌

지. 그 취득이나 수집의 용이함은 지금까지 실증이 불가능했던 인간의 진실을 드러내고 있어. 미래인이 과거에서 배우는 것은 참으로 많겠지만, 현대인에게는 그게 현재란 말이지. 과제 해결의 힌트를 과거에서 찾는다. 그럴 바에는 지금 눈앞에 있는 자연과학을 배우는 게 현명해. —반론은?"

턱짓하는 지적인 여성에게 요미우리 선배가 즉시 대답했다.

"있어요. 현대인의 가치관은 면면히 이어진 문화 위에 성립되고 있습니다. 문학을 아는 것으로 역사를 알고, 종교를 알고, 풍습을 알 수 있습니다. 어째서 지금 상태에 이르렀는지를 올바르게 관측하지 못하면 보이지 않는 것도 많을 겁니다. 예를 들어 어느 나라의 아티스트가 다른 나라의 종교를 경시한 뮤직비디오를 만들어 분노를 느낀 사람들이 항의한다고 하면, 그 반응에 이른 원인이 무엇인지 자연과학으로 해명할 방법이 있을까요? 어떡하면 그들의 분노가 가라앉는지, 예측하고 대응안을 작성할 수 있을까요? 인문과학의 연구자라면 즉시 몇 가지 가설을 세울 수 있을 겁니다."

"음. 꽤 공격적인 반론이지만, 줄기는 나쁘지 않아."

실제로 좋은 변론이었을 것이다. 지적인 여성은 처음으로 나이프를 든 손의 움직임을 멈추고, 몇 초 동안 생각에 잠겼다.

그러나 반대로 말하자면, 사고에는 몇 초밖에 필요하지 않았다고 할 수도 있다.

이윽고 그녀는 입을 열었다.

"애당초 분노의 원인이 그 국가의 독자적인 역사나 종교에 뿌리를 내린 것이라면, 어떻게 인과를 증명할 거지?"

"네?"

"분노는 정말로 문화를 경시했기 때문에 발생한 걸까? 사용한 소리가 인간의 뇌에 일반적으로 불쾌감을 주는 것이었을지도 모르고, 비디오의 색에 분노를 증폭시키는 효과가 있었을지도 몰라."

"그건 당사자에 대한 조사나 사회실험으로 어느 정도 상관관계가 드러날 겁니다."

"그거, 체크메이트야."

"네? ……아앗!"

여성이 웃으면서 지적하자, 멍해진 요미우리 선배 눈앞의 접시에 있는 팬케이크 한 조각이 강탈되었다.

남의 몫을 빼앗아 입에 넣은 여성은, 그 지적인 인상의 겉모습에서는 믿을 수 없을 만큼 천진한 기색으로 씹기 시작했다.

"그건 아무리 그래도 옹호해줄 수가 없어. 다시 말해서 과거의 문자를 뒤지는 것은 무의미하고, 지금 일어난 사상의 연구가 중요하다고 스스로 인정해 버린 거니까. ……참으로

유감이야. 좀 더 억지 논리를 단련하게나, 요미우리 군."

"으우우……."

당해버린 요미우리 선배가 분한 기색으로 머리를 감쌌다. 한 조각 빼앗긴 팬케이크를 포크로 찔러서, 힘차게 볼에 넣었다. 씹는 중이라 살짝 부푼 볼이 마치 삐친 어린애처럼 보여서 나는 진심으로 놀랐다.

방금의 문답도 그렇고, 지금 저 모습도 그렇고. 알바를 하면서 보는 요미우리 선배하고는 전혀 다르다.

나한테는 언제나 여유 있는 태도를 보였기에 이렇게 긴장한 기색으로 의논하는 모습도, 진심으로 분해하는 모습도 신선했다.

"쿠도 선생님. 어떻게 그렇게 부정하는 쪽에서 말할 수 있어요? 인문학부 사람이면서."

요미우리 선배가 물었다.

아무래도 지적인 인상의 여성은, 쿠도라는 성인 모양이다. 선생님이라고 불렀으니, 교수려나? 아니, 준교수일 것이다. 전에 읽은 책에 따르면 교수라는 건 상당한 고령이어야 하니까. 이 여성은 그 정도 연령대로는 보이지 않았다.

"뭐, 간단한 일이야. 진심과 입바른 말은 별개라는 걸 이해하고 있기 때문이지."

"그렇군요……. 그러면 선생님이라면 어떤 논리로 설명하실건데요?"

"헛된 학문이 뭐가 어때서?로 시작한다."

"……네?"

"인문과학은 확실히 실용성이 떨어진다고 여겨지는 학문이지만, 인류에 공헌하지 못한다는 전제에는 반론의 여지가 있어. 자연과학의 발전이 반드시 인류의 행복으로 이어진다고 적은 주장하지만, 유감스럽게도『사람의 행복』을 논하려면 무엇이 행복인가를 먼저 결정해야 하지. 정의나 행복의 형태는, 유감이지만 인간이라는 생물 전체가 공통으로 가진 게 아니야. 예를 들어서 나는 지금처럼 달콤한 팬케이크를 먹는 순간이 최고로 행복하지만, 전 인류의 몇 퍼센트가 동의해줄까?"

"생물로서는 자손을 남기는 게 공통의 행복이 아닐까요?"

"그럼 자식이 없는 사람은 불행할까?"

"……그렇네요. 요즘 시대에, 그렇게 생각하는 사람은 그렇게 많지 않으니까요."

"바로 그거야. 다시 말해서『인류의 행복』이나,『인류는 어떻게 존재해야 하는가?』와 같은 명제는 대단히 애매한 것이지. 자연과학이 가져다주는 발전이란 것도 결국은 그 정도로 부실한 토대 위에서만 달성할 수 있어. ―허학(虛學)이기에 실학이니까, 다 같이 소멸하고 싶지 않다면 얌전히 우리들의 학문도 받아들여라. ……내 대답은, 대강 이 정도야."

"아아…… 그렇구나, 그쪽이구나……."

"타국과의 커뮤니케이션에 착안한 것은 나쁘지 않았어. 허학을 허학이라고 받아들인 상태에서, 허학을 긍정하는 쪽으로 방향을 잡았다면 더 밀어붙일 수 있었을지도 모르지."

"공부가 되네요……. 감사합니다, 쿠도 선생님."

머리를 숙이며, 요미우리 선배는 깊은 한숨을 내쉬었다.

"하아…… 역시 도무지 당해낼 수가 없어."

"아니, 요미우리는 굉장해. 나는 처음부터 전혀 따라갈 수가 없었는걸."

"내 말이~."

"어허, 자네들. 남 일이 아니잖아? 일부러 이렇게 비싼 팬케이크를 사주고 있는데. 전력으로 머리를 굴려서 나를 즐겁게 해주지 않으면 곤란해. 그러면 다음 토론 테마 말인데—."

"에엑, 요미우리가 못 이기면 저희는 무리예요~!"

여대생들이 비명에 가까운 소리를 질렀다.

그 뒤론 또 다른 주제로 대화가 이어졌다. 조금 전의 분한 감정을 감추기 위해서인지, 요미우리 선배가 문득 시선을 친구들에게서 돌린 그때였다. 우연히…… 아니, 위치를 생각하면 필연이려나. 도로 쪽에서 자전거에 올라탄 나랑 눈이 딱 마주쳤다.

아차, 싶었다.

대화의 내용에 정신이 팔리고 말았는데, 냉정하게 돌이켜보면 단순히 엿듣기잖아. 도저히 예의 바른 행위라고 할 수 없다.

그러나 요미우리 선배는 나에게서 금방 시선을 돌리더니, 손목시계에 눈길을 내리고 괜히 앗 소리를 냈다.

"죄송해요, 쿠도 선생님. 이제 알바 갈 시간이라."

"응. 다녀오게. 음식값은 신경 안 써도 돼."

"잘 먹었습니다."

선배는 그렇게 말하고 예의 바르게 고개를 숙이더니, 백을 어깨에 고쳐 걸고 작별을 고한 뒤 급하게 달려 나왔다.

눈앞을 지나갈 때 시선이 힐긋 나를 향하고 있던 것에서 무언의 메시지를 느끼고, 나도 뒤를 따르듯 천천히 자전거 페달을 밟았다.

캣스트리트를 나아가길 몇 분. 팬케이크 가게에서는 보이지 않는 곳까지 왔을 때, 나는 요미우리 선배의 뒷모습에 말을 걸었다.

"미안해요."

"사과한다는 건, 죄를 인정하는 거구나?"

"아니에요. 오해라니까요. 어쩌다가 마주친 것뿐이에요."

"단념할 줄 모르는 건지 아는 건지 모를 범죄자네. ……뭐, 우리 후배가 스토커라고 생각하진 않아."

"신용해 주시니 다행이네요."

"우리 후배는 머리가 좋으니까, 진짜로 스토킹을 할 거면 더 기분 나쁜 수법을 쓸 거라고 생각하거든."

"그런 식으로 신용받는 건 바라지 않았는데……."

이상한 의혹을 남기고 싶지 않아서 나는 가방을 열어 안의 참고서를 보였다.

"여름 강습이 있어서요. 거기 학원이 있어서."

"아~. 그랬었구나무꾼."

"오오, 안심과 신뢰의 이상한 말장난."

"그렇군. 마주치기만 한 게 아니라 엿듣기도 했단 말이지."

"아니, 그건……."

함정이었다.

유능한 형사 같은 교묘한 유도신문에 몰린 내가 대답을 망설이자, 요미우리 선배가 품 하며 웃음을 터뜨렸다.

"농담이야. 그냥 좀 앙갚음해봤어. 부끄러운 모습을 보여버렸으니까. 자, 가자."

"앗, 네."

걷기 시작한 요미우리 선배의 등을 따라, 나는 급히 자전거에서 내려 손으로 밀기 시작했다.

옆에서 걷는 요미우리 선배를 힐끔 봤다. 예쁜 검은 머리칼, 청초한 복장, 조신한 동작의 그녀는 하얀 햇살을 받아 평소보다 더 곱게 자란 영애 같은 우아함이 느껴지고 있었다. 여름의 저녁은 거의 낮처럼 밝다. 지난달에 영화

관 갔을 때는 밤이었으니까 눈치 못 챘는데, 이렇게 밝은 곳에서 사복 차림의 선배를 보니 청초한 아가씨의 분위기가 몇 배는 늘어났다.

"그렇지만 논파 당해서 머리를 싸매고 있는 모습을 보여 주다니. 선배로서의 위엄에 상처가 나 버렸어."

"아니, 뭐. 그건……."

처음부터 딱히 위엄은 없었어요. ―라는 말은 간신히 삼켰다.

그러나 때는 이미 늦었다. 분위기로는 이미 충분히 전달된 건지, 선배가 게슴츠레한 눈으로 나를 노려보았다.

바늘방석에 계속 앉아 있는 취미는 없으니 급히 화제를 돌렸다.

"그런데 아까 그 사람은?"

"쿠도 선생님?"

"그래요, 그 사람."

"역시 우리 후배는 메말랐는걸. 여대생이 세 명이나 있었는데, 그쪽보다 원숙한 여성이 신경 쓰이다니."

"연령에 대해 뭐라고 하면 매너가 아닌 것 같은데요."

"우리 후배, 뭘 모르는구나. 여성끼리는 말해도 용서가 되는 거야."

그 말은 혹시 쿠도 선생님이란 사람한테 배운 걸까? 이렇게 지적을 하면 삐칠 것 같으니까 이것도 말하지 말자.

트러블의 씨앗은 뿌리지 않고 조용히 넣어두는 게 현명한 태도다.

"쿠도 선생님은 우리 대학의 준교수야. 나이를 봐서 대강은 예상하지 않았어?"

"음, 조금은요. 하지만 지금은 여름 방학이잖아요. 그런 식으로 학생들이랑 팬케이크 가게에 가거나 하는 건가요?"

"가끔 선생님이 권할 때가 있어. 호응해주는 학생은 별로 없지만."

"요미우리 선배는 아니고요. 상승지향돌이네요."

"으음~. 그 말투는 50점."

"불만인가요? 나는 종종 그런 식으로 놀리면서."

"그럴 땐 상승지향순이라고 해야지. 이래 보여도 일단 암컷이니까."

"그쪽이었네요."

의식이 높다고 말하는 것 자체에는 불만이 없는 모양이네.

"대학에서는 꽤 성실한 그룹의 일원이야. 평소 우리 후배랑 대화할 때는 다르니까 상상이 잘 안 될지 모르지만."

"머리 좋은 사람인 건 알고 있으니, 딱히 이미지와 엄청 어긋난 것도 아닌데요……. 위에는 더욱 위가 있는 법이구나, 라는 생각을 했어요."

"해탈한 것 같은 분위기가 있지, 쿠도 선생님."

"그 장면만 봐서는 알 수 없지만요."

"평소에도 대충 그런 느낌이야. 바닥을 알 수가 없다고 해야 할까? 무슨 생각을 하는지 알 수 없는 때가 많단 말이지~."

"그거, 완전히 제가 생각하는 요미우리 선배네요."

마음속으로는 무슨 생각을 하는지 불명인, 종잡을 수 없는 연상의 여성. 지식의 양도 사고의 순발력도 모든 것이 나보다 위고, 손바닥 위에서 놀아나는 감각밖에 안 든다. 어쩌면 사람 사이에 세대의 벽이 존재할 때, 대화 중간에 이런 감각을 느끼는 건 어느 정도 흔한 일일지도 모른다.

나도 요미우리 선배와 같은 스테이지 위에 서면, 자연스럽게 이 사람의 언동이 가진 의미를 이해할 수 있게 되는 걸까?

그렇게 생각하고 있자니, 요미우리 선배는 노골적으로 표정을 찌푸렸다.

"에~, 싫다."

"어째서요?"

"우리 후배는 언젠가 나를 쓰러뜨릴 생각인 거야?"

"네?"

왜 그렇게 되는지 이해를 못 해서, 무심코 이상한 소리를 내 버렸다.

"지혜도 지식도 부족한 게 분해서 말이야. 언젠가 해치우려고 생각하고 있단 말이야."

"학문이란 건 배틀이었나요?"

"나는 그렇게 즐기고 있어. 의외야?"

"아뇨, 공감이 가요."

겉으로 보이는 인상만 따지면 순수하게 독서를 즐기고, 학문에 대해서는 성실하게 지식을 쌓으려고 하는 문학소녀로 보인다. 그러나 속에는 초등학생 남자애냐고 말하고 싶어지는 유치한 적대심을 품고 있었다.

바로 그런 점이, 요미우리 시오리라는 인간답다고 할 수 있다.

"하지만, 그렇게 진지한 토론을 하는 건 지칠 것 같네요."

"그야 그렇지. 언제나 논지가 망가지지 않도록 긴장해야 하고, 풀어질 수가 없으니까. 덤으로 그 선생님, 조금이라도 논리에 모순이 생기기 시작하면 곧장 찔러 들어오거든. 체력적으로도 스트레스적으로도, 사실은 알바 전에 하고 싶지는 않았어."

"그런 것치고는 상당히 적극적이던데요."

"할 거면 전력으로 해야지. 귀찮더라도 말이야. ……뭐, 나는 적당히 지치면 적당히 회복하니까 괜찮아."

"회복?"

"너를 놀리는 걸로 마음의 건강을 유지하는 거지. 아아~, 우리 후배랑 대화하면 마음이 편해."

"그거, 상급자가 초보자 사냥을 즐기는 것뿐이지 않아요?"

"이야~, 등받이가 되어 줘서 고마워."

할머니 같은 어조로 말하면서 내 자전거 바구니에 손을 올리고, 선배는 비틀거리는 시늉을 했다.

"저기요……."

등받이 취급은 관두세요, 라고 말하려다가 나는 뭔가를 깨달았다.

그런가. 아야세 양이랑 요미우리 선배의 가장 큰 차이는 이거구나.

캣스트리트를 빠져나가 큰 길이 보이기 시작하면, 알바하는 서점은 이미 코앞이었다. 결국 자전거로 쌩 달리는 특권을 전혀 못 쓰고, 여기까지 요미우리 선배랑 같이 와 버렸다.

쿠도 선생님이라는 사람의 권유를 아무리 귀찮아도 거절하지 않고, 자신에게 사정이 좋지 않은 타이밍이라고 해도 의논에 참여한다. 물론 그것은 참가하는 것에 큰 메리트를 느끼고 있기 때문이겠지만, 피지컬 면에서도 멘탈 면에서도 소모를 피할 수 없다.

그렇더라도 밸런스가 무너지지 않는 것은 분명, 균형 맞추는 방법을 알고 있기 때문이다.

나는 어느 정도는 자신의 사정을 들이대는 걸 용납하는 스타일이다.

억지에 가까운 적당한 논리를 들더라도, 즐거운 대화로

끝낼 수 있다.

그런 마음 편하고, 좋은 의미로 편리한 상대를 잘 활용해서 성실한 자신과 불성실한 자신을 조정하는 거겠지.

아야세 양에게도 그런 상대가 있으면 해결되는 걸까?

"아⋯⋯."

그런 생각을 하면서 나랑 요미우리 선배가 서점에 들어가려고 할 때, 때마침 도착한 것으로 보이는 아야세 양과 마주쳤다. 오늘은 꽤 우연이 겹치는 날이라고 생각했지만, 세 사람 다 같은 시간대에 근무니까 필연이긴 하다.

"야호~, 사키!"

"음. ⋯⋯아, 네, 안녕하세요? 두 사람, 같이 있었네요?"

아야세 양에게도 이 만남은 예상 밖이었는지, 한순간 집에서 보이는 쿨한 표정으로 입을 열려다가 당황해서 우호적인 미소를 지었다. 천연덕스러운 것은 이 자리에서 요미우리 선배 혼자뿐이었다.

"어쩌다가 학원 근처에서 만났거든. 그치, 우리 후배?"

"아아⋯⋯ 네. 그렇네요."

대답이 늦어지고 말았다.

나도 조금 전까지 아야세 양 생각을 하고 있었던 탓인지, 어째서인가 이 만남에 약간의 어색함을 느끼고 있었다. 나쁜 짓은 하나도 안 했는데, 참 웃기는 얘기다.

"어쩌다가, 인가요."

아야세 양이 혀 위에서 말을 굴린 다음 생긋 웃었다.

"설령 그런 사이라고 해도, 요미우리 씨 같은 멋진 사람이라면 안심이지만요. 가족으로서는 말이에요."

"으응~? 사키, 놀리는 솜씨가 좋은걸?"

"선배의 지도 덕분이죠. 후훗."

어깨를 흔들면서 아리땁게 웃는 아야세 양. 역시 순응력이 높다고 해야 할까? 벌써 요미우리 선배와 대화하는 법을 마스터해가고 있어.

하지만 여기에도 위화감이 있었다.

확정되지 않은 타인의 관계성을 예상만으로 야유하는 언동, 아야세 양이 지금까지 한 적이 있었던가?

그런 그녀의 이상한 모습부터 워터파크에 대한 것 등, 이야기하고 싶은 일이 산더미 같아 나는 몇 번인가 일하는 도중에 그녀에게 말을 걸려고 했다.

그러나 그날은 어째서인지 타이밍이 믿기 어려울 정도로 안 좋았다.

계산대에 서 있으면 내가 손이 비었을 때는 아야세 양이 계산을 하고 있고, 북 커버를 접고 있을 때는 책장 정리를 하러 계산대 밖으로 나가 버린다. 휴식시간에 들어갔을 때 마침내 「나라사카 양에게서 답장 왔어?」라고 확인을 해봤지만, 작게 고개를 젓기만 하고 음료수를 사러 간다고 하며 아야세 양은 자판기가 있는 밖으로 나가 버렸다.

어쩐지 대화를 피하고 있는 것 같다는 생각마저 들었다.

그러는 사이에 퇴근 시간이 와서, 나는 평소와 마찬가지로 돌아갈 준비를 마치고 아야세 양을 기다렸으나…….

탈의실에서 나온 건 요미우리 선배뿐이었다.

"아, 우리 후배한테 전언. 사키가, 들르고 싶은 곳이 있으니까 먼저 돌아가래."

"네에?"

요미우리 선배의 말을 듣고 나는 눈을 깜박였다. 어, 그런 말은 전혀 안 했었는데? 급하게 휴대전화를 꺼내 확인해봤지만, 역시 아야세 양으로부터 연락 한 통 없었다. 멍하니 서 있는데, 손에 들고 있던 휴대전화가 떨렸다. 착신이라는 걸 깨닫고 황급히 화면을 보자, 알람 한 줄이 화면에 보였다.

『살 게 있으니까 먼저 돌아가도 돼.』

LINE을 열어봐도 전체 문장은 그 한 줄뿐이었다. 「알았어.」라고 답장을 했다. 밤 10시 넘어서까지 열려 있는 가게가 없는 건 아니다. 나랑 같이 가면 사기 어려운 걸 사는 걸지도 모른다. 그렇지만 너무 갑작스러운 것도 신경 쓰인다.

나를 피하고 있나? 이런 생각이 다시 뇌리를 스쳤다. 에이, 설마.

그런 생각을 하며 자전거 페달을 밟았더니 어느샌가 맨션에 도착했다.

힘껏 밟으면 이렇게 빨리 돌아오는구나, 하고 새삼 떠올렸다. 그렇게 빨리 돌아오고 싶었냐고 내 마음에 물어보자, 아무래도 그런 기분도 아닌 것 같았지만.

아야세 양과 나란히 서서 돌아오는 것에, 나는 어느샌가 익숙해져 버린 모양이다.

자전거를 맨션의 보관소에 세우고, 엘리베이터를 타고 자택이 있는 층으로 올라왔다.

월요일이니까 아버지는 집에 돌아왔고, 아침 일찍 나가니까 벌써 주무시고 계실 거다. 아키코 씨는 근무 중이시겠지.

아버지가 깨지 않도록 중얼거리듯 「다녀왔습니다」라고 인사를 하고 거실로 갔다.

평소에는 그대로 곧장 함께 돌아온 아야세 양이 저녁 식사 준비를 해주겠지만……. 어리광부리기만 할 수는 없지. 좋아, 오늘은 내가 해둘까. 냉장고를 열었다. 샐러드를 발견. 그리고 랩을 씌워둔 한 손 냄비가 있기에 안을 확인했다.

"된장국이네."

여름이니까 만들어둔 건 전부 냉장고나 냉동실에 넣어둔다.

아야세 양도 금방 돌아올 테니까, 그녀 몫의 된장국 그릇과 밥그릇을 내 것과 동시에 식기 선반에서 꺼내 놓았다. 담는 건 돌아온 다음에 해도 되겠지. 샐러드를 꺼내고, 메인 반찬은 뭘까? 다시 한번 냉장실과 냉동실을 뒤져봤더니, 냉동실에 작은 플라스틱 냉동 팩이 어느샌가 잔뜩 들어 있는 걸 깨달았다.

"이건 뭐지?"

꺼내보니 냉동된 밥이었다. 다갈색의 국물색으로 물든 쌀과 함께, 잘게 썬 표고버섯이랑 당근이나 튀김 같은 것이 섞여 있는 게 보였다.

"다녀왔습니다."

목소리에 돌아보자, 아야세 양이 문을 열고 들어오는 참이었다.

"뭐야? 아, 밥…… 미안, 지금 당장 준비할게."

"아아, 아냐. 언제나 해주고 있잖아. 가끔은 내가 준비해둘까 생각한 것뿐이야. 이거, 어떡하면 돼?"

플라스틱 용기에 들어간 밥을 들었다. 애당초 밥을 짓지 않고 생활했던 내 머릿속에는 대량으로 지어 냉동 보존한다는 발상이 없었다. 지금까지도 이런 걸 해온 걸까? 냉장고랑 전자레인지를 왕복하는 모습을 일상적으로 보고 있어도, 뭘 하고 있는지는 일일이 신경 쓰지 않으니까.

"아아, 응. 오늘은 만들어둔 거 있으니까. 전자레인지로 데우기만 하면 돼."

"……몇 분?"

"레인지에 적혀 있어."

그 말을 듣고 무슨 소린가 했지만, 순순히 전자레인지를 확인했다. 분명히 타이머 부분에 몇 갠가 식재료 데우기 눈금이—.

"아, 이거구나."

놀라웠다. 그릇에 담은 밥의 일러스트와 함께 「데우기」란 문자가 있다. 이 전자레인지, 5년이나 썼는데 지금까지 전혀 의식한 적이 없었어.

나는 두 사람 분량의 냉동 팩을 던져 넣고 전자레인지로 데우기 시작을 하려고 했다.

"아, 기다려. 뚜껑은 열고."

바닥이 얕고 네모진 냉동 팩의 뚜껑을 열라고 한다. 고개를 갸웃거리는 나.

"뚜껑을 닫은 채 데우면 안에 언 얼음이 녹아서 밥이 질어지는 게 싫어."

"그렇……구나?"

잘은 모르겠지만, 그래야 더 맛있다면 시키는 대로 하는 게 좋겠지. 내가 밥을 데우는 사이에, 아야세 양은 냉장고에서 꺼낸 된장국을 데웠다.

표고버섯 등등이 들어간 밥에, 두부 된장국, 그리고 샐러드. 아야세 양은 냉장고에 들어 있던 방울토마토를 몇 갠가 씻어서 네 조각으로 잘라 샐러드 위에 놓았다. 양상

추, 양배추와 잘게 썬 무가 섞여서 녹색과 하얀색이던 샐러드에 빨간색이 더해지자 보기에도 화사해졌다.

"이렇게만 해도 맛있어 보이게 되네."

"가정식은 아무래도 다갈색 위주가 되기 쉬우니까. 그러니까 토마토나 파프리카 같은 걸 조금 넣으면 악센트가 되어서 좋아."

파프리카는 일종의 컬러풀한 피망이다. 빨간색, 오렌지색, 노란색 등 다채로운 색이 있다— 이건 식탁에 올라오게 된 뒤에 조사했다. 참고로 피망만큼 쓴 맛이 나는 건 아니니까 잘 씻으면 그대로 먹을 수 있다.

아야세 양이 요리를 담당하게 된 뒤부터, 가끔 식탁에 별난 것이 나오게 되었다. 나랑 아버지의 식재료에 관한 지식이 낡았던 걸까? 하지만 브로콜리나 콜리플라워는 그렇다 치고, 로마네스코 브로콜리 같은 프랙탈 구조의 야채는 배달 음식이나 도시락만 먹고 있으면 만날 수 없었을 거라고 생각한다.

"여러모로 궁리를 하는구나."

언제나 아무 생각 없이 먹기만 했던 게 미안해진다.

"궁리라고 할 정도는 아닌 것 같은데."

"아니지. 언제나 감사하고 있어. 나도 고액 알바……는 이제 포기한다 치고, 자립을 위한 지원을 아끼지 않을게."

"공부할 때 들을 BGM을 찾아준 것만 해도 나는 고마운데. 그러니까 비긴 거야."

그렇게 말하고 조용히 웃었다.

이때는, 며칠간 어쩐지 삐걱대던 분위기가 풀어진 것 같았다.

아야세 양이 녹차의 찻잎을 찻주전자에 넣었다. 그걸 보고 나는 식기 선반에서 두 사람의 찻잔을 꺼내 아야세 양 앞에 놓았다. 차를 탄 뒤, 잘 먹겠습니다 인사를 하고 우리는 저녁을 먹었다.

데운 밥에 육수가 잘 스며들어 맛있었다. 아야세 양 말처럼 질지 않고 따끈따끈하다.

"부족하면 냉동실에 아직 더 있으니까 데워서 먹으면 돼."

"아니, 이제 시간도 늦었잖아. 이거면 충분해."

벽의 시계를 보니 시각은 이미 오후 11시를 넘고 있었다. 먹고 씻으면 이제 자야 할 시간이다. 시험 전이라면 모를까. 아야세 양은 목욕을 나보다 나중에 하니까, 내가 오래 먹으면 그녀가 잘 시간이 점점 더 늦어진다.

온화한 식사 시간. 나는 망설이고 있었다. 낮의 대답을 듣지 못한 채 하루가 끝나려 하고 있었다. 한숨을 쉬고서 나는 입을 열었다.

"그러니까……. 그래서, 나라사카 양의 워터파크 건 말인데."

"또 그 얘기야?"

"그야, 정작 나라사카 양의 연락처를 못 들었으니까. 그쪽도 내 대답을 기다린다면, 이제 그만 대답을 해줘야 하지 않을까 싶어서."

"……알았어. 가르쳐줄게."

조금 욱한 기색의 아야세 양이 테이블에 둔 스마트폰을 조작하여 연락처를 알려주려 했다.

"기다려."

나는 손바닥을 내밀어, 잠깐 기다리란 동작을 했다.

고개를 든 아야세 양이 의문스러운 표정을 지었다.

"나라사카 양의 연락처는 아무래도 좋아."

"……뭐?"

"더 말하자면, 나는 그렇게까지 나라사카 양이랑 워터파크에 가고 싶은 것도 아냐."

아야세 양의 표정이 의문스러움에서 갸우뚱하게 바뀌었다. 내가 대체 무슨 말을 하는 건지 모르겠다는 그런 표정이다. 뭐라고 해야 하나. 상상하던 방향과 다른 전혀 엉뚱한 곳에서 한 대 맞은 것 같은 표정이라고 해야 할까?

그렇다. 나는 지금부터 그녀의 상상을 넘어서는 말을 하려고 한다.

아야세 양이 워터파크에 가고 싶지 않은 건 상관없다. 그리고 그녀의 자유의지를 존중한다면, 어디까지나 그녀가 스스로 뜻을 바꾸는 걸 기다려야겠지.

다른 사람의 의사에 개입해서 변화를 일으키려고 하는 것은, 소설을 너무 많이 읽은 녀석의 자기만족이라고 생각한다. 현실은 이야기가 아니다. 그러니까 이런 건 앙갚음을 당하는 게 마땅한 유감스러운 행위다. 알고는 있다. 그럼에도, 나는 그녀가 걱정된다.

"나는 아야세 양이 워터파크에 놀러 갔으면 좋겠어."

"무슨 소린지 모르겠어."

아야세 양은 마치 외계인을 보는 것처럼 — 외계인을 만난 적이 있을 리 없으니까 알 수 없지만 — 눈초리로 나를 보았다.

하지만 나는 개의치 않고 계속했다.

"그러니까. 내가 워터파크에 가고 싶다고 말한 건, 그렇게 말하면 아야세 양도 갈 생각이 들지 않을까 생각했기 때문이야. 나라사카 양의 연락처를 물어본 것도, 나 혼자서 즐기고 오는 걸 부러워하지 않을까 생각해서 그런 거고."

"내가?"

"네가."

"내가 왜 부러워하는데?"

진심으로 모르겠다는 표정을 짓는다. 그것이, 스스로도 깨닫지 못한 자기 마음과 일치하고 있다면 얼마나 안심이 될지 모르겠군.

"그야, 가고 싶잖아. 워터파크."

아야세 양은 입을 다물었다. 입술을 꾸욱 붙이고 오기로라도 말을 하지 않겠다는 표정을 짓고 있었다.

"아키코 씨한테 들었어. 아야세 양은, 더위에 약해서 여름이 되면 아이스크림을 조르거나, 워터파크에 가자고 조르는 애였다고. 지금도 더운 건 힘들잖아?"

"그런 건—."

"그렇잖아. 그러니까 에어컨이 망가졌을 때도 얼른 자기 방에 틀어박혔어. 그런 아야세 양이라면, 친구가 워터파크에 가자고 하면 조금 정도는 가고 싶단 생각을 할 거야. 아냐?"

"왜 그렇게 워터파크에 보내려고 하는데?"

"아버지가 한 말, 기억해? 3학년이 되면 지금 이상으로 수험에 집중을 해야 할 거고, 조금 더 놀러 다녀도 된다고 그랬잖아?"

"그렇긴, 하지만……."

"아야세 양이 조금이라도 빨리 독립하고 싶다고 생각하는 건 이해해. 하지만 그렇다고, 매일 그렇게 쉬지 않으면 목표 달성을 하기 전에 쓰러져 버릴 거야. 나는 그게 걱정돼."

"걱정……."

"그래. 나는 아야세 양이 조금이라도 좋으니까 여유를 가졌으면 좋겠어. 그걸 위해서는, 쉬면서 좀 늘어지는 것도 필요하지 않을까?"

하고 싶은 말은 전부 했다.

나는 아야세 양의 대답을 기다렸다.

"그런 건…… 모르는 일이잖아."

단정하고 가는 눈썹을 내린 아야세 양이 테이블에 시선을 내렸다.

"그리고 워터파크 같은 데 갈 시간 없단 말이야. 정말 없어."

"아야세 양……."

입술을 꾹 다문 아야세 양은, 테이블 위에 있는 접착식 메모지로 손을 뻗었다. 옆에 있던 볼펜을 집어 휴대전화를 보면서 메모지 위에 뭔가 휘갈겨 적었다. 그것을 탁 내리치듯 내 앞에 붙였다.

"공부할 거야."

그렇게 말하고 싱크대에 식기를 넣더니 자기 방에 틀어박혀 버렸다.

"안 되나……."

나는 한숨을 쉬면서 눈앞에 붙어 있는 메모지에 시선을 내렸다.

전화번호다. 휘갈겨 쓴 글자 아래에 「마아야」라고 적혀 있었다. 나라사카 양의 전화번호이리라.

"나만 가도 의미가 없단 말이야."

어깨를 떨군 채, 나는 뒷정리를 하고 방에 돌아왔다.

●8월 25일 (화요일)

잠에서 깬 뒤 침대에 누운 채 계속 생각했다.

나는 실수한 걸까?

"한 거겠지……."

천장을 향해 한 말은, 누구에게도 들리지 않는다. 다시 나에게 돌아온다.

고개를 기울여 시계를 보았다. 벌써 낮이었다. 그렇지만 아직 졸렸다. 생각에 잠겼던 탓에 어제는 잠을 제대로 못 잤다.

어떡하면 아야세 양의 굳어진 의식을 부드럽게 풀어줄 수 있을까?

굳어졌다. ……그래, 그런 느낌이다. 아야세 양의 정신은 단단하고, 강하다.

그렇기에 부서지기 쉽다.

2개월을 맞이하는 동거생활을 통해, 나는 아야세 양에 대해 어느 정도는 자세히 알게 되었다. —그렇게 생각해도 되겠지. 요즘은 거의 매일 알바를 하며 만났으니 더욱 그렇다.

아야세 양은 아마 이런 식으로 생각하고 있다…….

어린애에게는 그냥 주어지는 게 당연하다. 다시 말해서,

기브보다는 테이크 쪽이 많다.

어린 시절의 아야세 양은 아이스크림을 사달라고 조르거나 워터파크 가자고 떼를 쓰기도 하는, 어디든지 있는 평범한 아이였다. 다시 말해서 일방적으로 테이크를 요구하는 존재였다.

그것은 당연하고 자연스러운 일이었다.

그런데, 아야세 양은 그렇게 생각하지 않는다. 그게 중요하다.

가정의 사정 탓에 아야세 양은 초등학교 고학년이 될 무렵에 어린아이 시절을 끝내 버렸고, 자신이 어린아이라는 것을 용납하지 못하게 됐다.

세상은 기브 & 테이크. 다만 기브를 넉넉하게.

그것은 테이크만 받던 어린아이 시절— 어머니만 고생했던 시절(적어도 아야세 양은 그렇게 느끼고 있다)을 껄끄럽게 생각하는 그녀 나름의 경계 태세일지도 모른다.

얼른 어른이 되어 어머니의 부담을 줄이고 싶다. 그렇게 생각하게 된 아야세 양에게, 받기만 했던 어린 시절은 어떤 의미로 흑역사인 것이다. 자신이 억지를 부려서, 고생하고 있던 어머니의 부담이 더욱 늘어났다고.

얄궂은 일이다.

아키코 씨가 말했었잖아.

『떼쓰는 어린아이의 시간을 조금 더 주고 싶었지.』

어쩐지 생각하다 보니 가슴이 무거워진다. 서로가 상대방을 생각하고 있는데, 각자에게 바라는 것은 다르다.

어머니는 조금 더 어린아이로 있어주길 바랐다.

어린아이는 좀 더 빨리 어른이 되고 싶었다.

양립되지 못하는, 배반사상.

간격 조정도 안 된다. 아야세 양은 아직 어린애였다.

지금의 그녀라면, 아키코 씨랑 대화를 나누고 서로 생각하는 것을 말해서 간격 조정을 할 수 있을지도 모른다.

그러나 아야세 양은 모든 것을 삼킨 채, 어른이 되는 계단을 올라가 버렸다.

자신의 어린아이 시절을 빚처럼 지고 그것을 조금이라도 빨리 갚으려 한다. 그리고 지나친 자책주의에 이르고 말았다.

그래서—.

여유를 가질 수가 없다.

마음을 비우고 놀 수가 없다.

워터파크에 가고 싶다는 생각을 하는 자신을 용납할 수 없다.

『그리고 워터파크 같은 데 갈 시간 없단 말이야. 정말 없어.』

그렇게 말했을 때 아야세 양의 표정은 평소처럼 드라이했었지만, 말에는 절박한 울림이 있었다.

내가 아무 말도 못한 것은 그 탓이다.

만약 이야기 속 주인공처럼 재치 있는 방식으로, 좀 더 드라마틱한 흐름으로 뭔가를 했다면. 어쩌면 그녀도 생각을 바꾸지 않았을까?

아니, 그렇지 않다. 그런 현실도피적인 사고방식은 안된다. 도움을 주고 싶다면, 좀 더 단단하게 발을 디디고 생각을 해야 한다.

침대 옆에서 시계 알람이 울렸다.

아무리 그래도 이제 일어날 시간이었다.

나는 조금 난폭하게 전자음을 멈추고, 침대에서 몸을 일으켰다.

막상 일어나자, 아침 식사와 점심 식사 사이의 시간이었다.

거실에 선 채, 식사를 어떻게 할까 생각했다. 뭘 먹을까? 아니면 점심 식사 시간까지 이대로 공복을 얼버무리고 있을까?

평소에는 아버지가 회사 가기 전에 일어나 아침 식사를 만들고 있을 아야세 양이, 아직 자고 있는 모양이다. 그건 식탁을 보면 알 수 있다. 그럴 때도 있다. 다들 아야세 양이 아침 식사를 만드는 게 당연하다고는 생각하지 않으니까.

실제로 기말고사 때는, 아버지도 아키코 씨도 아야세 양에게 무리 안 해도 된다면서 요리를 못하게 했다.

자, 그럼……. 지금 먹을까?

─배는 고프네. 빵이라도 구워서 먹을까……?

그렇게 생각하고 있는데, 거실로 이어지는 문을 열고 아야세 양이 나타났다.

"……아."

"안녕, 아야세 양."

"……안녕?"

엄청 졸려 보인다. 눈꺼풀을 제대로 뜨지도 못한 것 같은데. 집에서도 무너지지 않는 의젓한 분위기가 완전히 사라져 있었다. 복장도 평소보다 느슨하다. 공격력도 방어력도 부족한 느낌이다.

"안 잤어?"

"잤어……. 6시쯤에."

그걸 잤다고 하면 안 되지. 이미 날이 샌 뒤잖아. 조금 눈 붙인 수준이다.

"조금 더 자는 게 좋겠어. 알바는 저녁부터니까."

"괜찮아. ……지금 몇 시야?"

말하면서 아야세 양은 나른하게 고개를 들어 시계를 보았다. 멍했던 눈의 초점이 맞기 시작했다. 눈이 커졌다.

"어……. 벌써 이런 시간—."

그렇게 말하면서 퍼뜩 깨달은 듯 테이블을 보았다. 물론 아무것도 없다.

"미안해. 새아버지는, 아무것도 없었을 텐데."

"괜찮아. 빵 챙겨먹고 간 모양이니까."

토스트를 담았던 걸로 보이는 빵 부스러기가 흩어진 접시가 싱크대에 있었다(식기세척기에 넣을 시간까지는 없었나 보다). 사용한 버터랑 잼은 냉장고에 다시 넣었을 것이다.

아야세 양 모녀가 우리 집에 오기 전에는, 나도 아버지도 대강 언제나 이런 식으로 아침을 먹었다. 아예 안 먹는 것보다야 훨씬 낫지.

그녀가 미안하게 생각할 필요는 없다.

그렇게 커버를 할 셈으로 나는 이것저것 말을 했지만, 아야세 양의 귀에는 들어가질 않은 모양이라 자기 실수라면서 입술을 깨물었다.

"이렇게 늦잠을 잔 거 처음이야."

"피로가 쌓여 있었던 거 아닐까? 조금 더 쉬어도 돼."

"그건……. 정말로, 미안해! 아사무라 군도 아직 안 먹었지? 금방 뭔가 만들게."

고맙다며 맡기기에는 명백하게 수면부족 상태였다. 눈밑이 살짝 거뭇하게도 보이고.

"아야세 양."

나는 조금 새삼스러운 어조로 불렀다.

"어, 네……?"

"도망치지 말고 잘 들어."

"어…… 그게 저기, 뭔데?"

"있잖아. 아야세 양이 이 집에 왔을 때, 했던 말 기억해?"

그녀는 퍼뜩 깨달았다. 기억하는 모양이다.

"……이런 『간격 조정』이 되는 거, 수수하게 좋다고……?"

나는 고개를 끄덕였다. 그래, 그거.

서로 처음부터 가진 카드를 솔직하게 제시해 버리자고. 정보를 교환하고, 그런 다음 서로의 감정과 간격 조정을 하면서 지내자고. 그래서 나는 느낀 그대로 말했다.

"나는 지금 아야세 양이 수면부족이라고 판단했어. 반론해도 좋지만, 거울을 한 번 봐. 그 상태에서 무리해가며 식사를 만들어주는 건 싫어. 몸이 망가지지 않을까 걱정돼. 가능하면 의자에 앉아서 기다려. 내가 만들 테니까. 이게 내 솔직한 의견이야."

"우……. 하지만, 식사 준비를 한다고 말한 건 나니까."

"원칙은 원칙. 현장은 임기응변. 오늘 아야세 양의 미션은 식사를 만드는 것보다 자는 거라고 나는 말하고 싶어."

"그, 그래도."

"나도 평소의 아야세 양이라면 이런 말 안 해. 자기가 말한 것처럼, 이렇게 늦잠을 잔 건 처음이지?"

"……응."

"그러면, 이건 정상적이지 않은 사태야. 그러니까 무리를 해서 평소처럼 하지 않아도 돼. 자, 앉아 있어. 물론 방에 돌아가서 자도 되지만."

나는 평소 아야세 양이 앉는 의자를 끌며 말했다. 바닥에서 살짝 소리가 났다.

"그냥 수면부족이야."

"응. 하지만, 단순한 수면부족으로 충분히 아야세 양은 이 의자에 앉을 권리가 있습니다. 자."

"……네."

체념했는지, 아야세 양은 내가 끈 의자에 앉았다.

이렇게 약해진 아야세 양을 보는 건 처음이다.

그러면.

"토스트 한 장 정도 먹을래?"

고개를 끄덕이기에 내 몫을 포함하여 두 장의 식빵을 토스터에 넣었다. 냉장고에서 버터와 잼을 꺼내 아야세 양 앞에 놓았다. 버터나이프와 스푼도. 물론, 덤으로 얇게 썬 햄을 발견해서 그것도 꺼냈다.

"햄은 굽지? 평소에는 그러는 것 같았는데."

"그걸 더 좋아하니까."

"살짝 그을린 정도로 구웠지."

"……그걸 더 좋아하니까."

"동감이야. 살짝 그을린 게 맛있지."

의견이 일치되어서, 나는 프라이팬에 살짝 기름을 두르고 인덕션 히터로 햄을 가볍게 구웠다. 치이익 소리가 나자, 배가 고프다는 의식이 강해졌다. 어째서 고기 굽는 소

리는 이렇게 식욕을 자극하는 걸까?

 적당히 갈색이 된 빵을 접시에 담아 테이블로. 적당히 구운 햄도 다른 접시에 담아서 가볍게 후추를 뿌렸다. 이 것도, 평소에 아야세 양이 하는 것이다. 어라? 후추를 뿌 리는 건 굽기 전이었던가? ……뭐, 됐어.

 문득 생각나서 냉장고를 열었다. 우유가 남아 있다.

 "핫밀크, 마실래?"

 "더운데, 뜨거운 우유……."

 "에어컨 켜놨으니까 방은 시원하잖아. 한숨 더 잘 거면 따끈한 걸 마시는 게 좋지 않을까 싶어서."

 그렇게 말하자, 아야세 양은 또 입을 다물어 버렸다.

 "……먹을래."

 "응, 알았어."

 우유를 컵에 따라 전자레인지로 데우고 아야세 양 앞에 두었다.

 내 몫의 보리차를 따른 컵을 놓고, 자리에 앉아서 나도 양손을 마주 댔다.

 "그러면, 잘 먹겠습니다. 사실은 야채가 있는 게 좋겠지만."

 "충분해……. 잘 먹겠습니다."

 아야세 양이 조용히 말하고서, 빵에 버터를 발라 햄을 올리고 작은 입으로 깨물었다.

 나도 똑같이 먹었다.

잠시 둘이서 대화 없이 묵묵히 식사를 했다.

그렇지만, 식빵 한 장의 식사는 순식간에 끝나버린다. 그것이 끝나자 아야세 양은 컵을 양손으로 감싸고 홀짝홀짝 마시기 시작했다. 나는 텅 빈 내 컵을 보고, 한 잔 더 마실까 말까 생각했다.

한숨 같은 날숨을 아야세 양이 흘렸다.

달칵. 컵을 내렸다. 테이블에 닿는 작은 소리만 울렸다.

"계속 생각했어……."

그렇게 말하고서, 다시 아주 조금만 컵 안의 우유를 마셨다. 마치 그것이 용기를 짜내기 위한 특별한 아이템인 것처럼.

"……워터파크, 가려고 해."

보리차를 더 마시려고 냉장고에 뻗고 있던 내 손이 멈췄다. 동시에 급하게 아야세 양 쪽을 돌아보았다.

"갈 생각이 들었어?"

"지금은. 자기 전까지는 절대 안 간다고 생각했는데…… 아니, 아니지. 망설였어."

"6시까지?"

"6시까지."

"하지만, 지금은 갈 생각이 들었어?"

그녀는 고개를 끄덕였다.

"아침에 일어났더니, 어쩐지…… 그래도 좋을 것 같아

서. 하지만, 이제 와서 말하기 어려워서."

그걸 들은 내가 어떻게 되었냐고?

단숨에 힘이 풀렸다. 의자 위에서 해파리가 될 것 같았다.

드라마틱한 전개고 뭐고 아무것도 필요 없었다. 아야세 양은 그저 하룻밤 잠도 못 잘 정도로 생각하다가 잠들어서, 깨어났더니 생각이 바뀌어 있었다. 그것뿐이었다.

아아— 현실은 이렇게 되는구나. 나는 묘하게 납득해 버렸다. 현실에서 필요한 것은 누군가 다방면으로 대활약하는 게 아니라, 그저 한 조각의 사소한 계기였다.

사람은 작은 계기로 가볍게 생각을 바꾸는 법이라고 어떤 책에서 읽은 적이 있었던가.

"하지만, 문제가 있어."

"어?"

"아사무라 군도 관련된 중대한 문제."

"헤엄을 못 해? 가르쳐 줄 정도의 실력은 아무래도 없는데."

"그건 괜찮아. 수영할 줄 알아."

"그렇겠지."

아무래도 그런 이유는 아니었다. 그러긴 커녕, 더 절실한 것이었다. 분명히 나하고도 관련된 중대한 문제였다.

"워터파크에 안 갈 생각이었으니까, 그날은 알바 근무를 잡아버렸단 말이지. 아사무라 군도 근무 일정이 있을 거야."

"워터파크 가는 날이……?"

"내일모레. 27일."

"우와…… 진짜로?"

"응. 진짜."

우리는 내일 26일에 쉬고, 다음 날인 27일에 근무가 잡혀 있었다.

난처하네. 기껏 아야세 양이 생각을 고쳤는데, 이대로는 둘 다 워터파크에 갈 수가 없다.

나는 조금 고민했다. 그리고 대단히 흔해빠진 해결책을 제시하기로 했다.

"이왕 가고 싶어졌으니까. 어떻게든 해보자."

"어떻게 할 수 있어?"

"뭐, 이런 일은 흔히 있으니까. 괜찮을 거야."

"흔한 거구나……."

"응. 근무 시간 바꿔달라고 해보자. 간단하지?"

가능하면 자신 있는 것처럼 보이게 말하고 싶었다.

아이디어가 간단해도, 실현에 장애물이 있는 경우가 있다는 것은 충분히 알고 있었다.

햇살이 기울어져서 강렬한 더위가 아주 약간 누그러진 시각.

오후 4시 반의 시부야. 아스팔트가 타오르는 냄새가 피어오르는 가운데, 자전거를 차도 쪽에 두고 나는 아야세 양과 나란히 걷고 있었다.

둘이 의논해서 알바하는 서점에 일찍 가기로 했다. 점장님에게 부탁을 한다고 해도 근무시간에는 안 좋다고 생각해서 한 판단이다.

전에도 말한 적 있지만, 둘이 함께 다니기 위해서는 누구 한 명이 자전거나 도보 둘 중 한 쪽에 맞춰줘야 한다. 나도 아야세 양도 그런 식으로 신경 쓰는 건 좋아하지 않았다. 하지만, 그건 아무 이유가 없을 경우의 이야기다.

설마 이런 이유로 알바하러 같이 가게 될 줄은 몰랐지만.

"흐려지네. 다행이야."

아야세 양이 하늘을 올려다보면서 말했다.

하늘의 절반 정도가, 어느새 구름에 덮여 있었다.

아직 파란 하늘이 보이니까 어두워지진 않았지만, 살짝 공기가 서늘해진 느낌이다. 숨 막히는 게 아주 조금 줄었다.

한 손으로 얼굴에 부채질을 하던 아야세 양이, 손을 멈추고 어깨에 걸고 있는 가방을 고쳐 멨다. 조금 큼직하게 보이는 건, 가게의 유니폼을 매일 가지고 돌아가기 때문이다.

아야세 양은, 오늘은 평소와 인상이 다른 차림이었다.

여름다운 밝은 색 상의에 소매와 옷깃까지 달려 있어서 피부의 노출이 적은 편이다. 남성이라면 넥타이가 있는 위치에, 가느다란 리본이 타이처럼 달려 있었다. 아야세 양식으로 말하자면, 공격력은 낮지만 방어력은 높다고 해야 할까?

예의를 갖추고 교섭을 한다— 그렇게 말했으니까 이 복장인 걸까?

확실히 평소보다 빈틈없는 인상이다.

다만 귓가에 빛나는 피어스는 빼지 않았다. 그것이 꿀벌의 침처럼, 마치 방심하면 찌를 거라고 말하는 것 같아 그야말로 아야세 양다웠다. 그리고 노출이 적은 만큼 조금 더워 보인다.

"덥지 않아? 괜찮아?"

"흐려지니까 괜찮아."

"제대로 잤어?"

"잤어. 두 시간 정도."

그래도 적은 것 같지만 더 이상은 말해도 소용없을 거고, 아야세 양을 너무 어린애 취급하는 짓이라고 생각했다. 나는 그녀를 어린아이로 되돌리고 싶은 게 아니다.

그런 생각을 하다 보니 자연스럽게 대화가 끊어졌다.

잠시 말없이 둘이서 걸었다.

괜히 많은 교통량 탓에 도로를 달리는 차에서 들리는 소리. 근처에 민폐 따위 생각지 않고 화려한 음악을 울리며 달리는 선전 트럭의 소음이 귀에 닿는다. 그럴 때면 「아아, 평소의 시부야가 가깝구나」 하는 생각이 든다.

분위기가 바뀐 틈에 끼워 넣는 것처럼 자연스럽게, 아야세 양이 입을 열었다.

"어제는 미안했어."

"워터파크 얘기?"

"그것도 그렇지만, 한 가지 더. 요미우리 씨랑 같이 왔을 때, 내가 조금 싫은 말을 했던 것 같아."

"아아……."

위화감을 느꼈던 그 대화 말이구나.

나랑 요미우리 선배가 그런 사이라면 가족으로서 안심이다— 요미우리 선배는 자기가 좋아하는 농담이라면서 웃어 넘겼었는데, 아야세 양은 분명 그런 농담을 좋아하지 않았을 것이다. 그래서 의아했었다.

남자와 여자, 둘이서 걷고 있으면 커플이나 마찬가지. 그런 스테레오 타입 같은 판단은, 설령 머릿속으로 그렇게 생각하더라도 본인 앞에서 대놓고 할 말이 아니라고 그녀라면 생각할 법하다.

"응어리를 감추는 건 약속 위반이잖아. 괜찮아. 제대로 말할게. 할 수 있어."

자신에게 들려주는 것처럼 말하더니, 아야세 양은 천천히 자신의 주장을 말로 변환했다.

"뭐라고 해야 할까? 만약 두 사람이 사귀고 있다면 그걸 확실하게 말해줬으면 해서."

"그렇구나. 그건, 어째서야?"

"모르겠어. ······그렇다고 해줘."

이상한 말이라고 생각했다. 알고 있지만 대답할 수 없다는 의미일까?

요미우리 선배와 나의 관계를 캐고 싶은 것 같은 언동. 나와 눈을 마주치려고 하지 않는 아야세 양의 태도. 모두가 의미심장하게 느껴진다. 두근거리며, 뭔가 기대하듯 심장박동이 빨라지는 것을 자각했다.

—기대는 무슨. 작작 좀 해라, 아사무라 유우타.

폭주하려는 자신의 마음을 붙잡고, 얌전히 아야세 양의 다음 말을 기다렸다.

"함께 알바를 해보고 알았는데, 그 사람, 굉장히 좋은 사람이야."

"그건 그렇지."

"상냥하고, 배려심이 있고, 미인이지. 똑똑하며 뭐든지 알고, 유머러스하고 이야기를 할 때 전혀 질리지 않을 정도로 즐거운 사람."

"게으른 구석도 있지만 말이야. 그리고 야한 이야기도 좀 많이 하고."

"그런 건 결점이 아니라, 귀염성이라고 하는 거야. ······생각해 보니, 내가 말할 것도 없겠네. 아사무라 군이 더 오래 일했으니까. 왜 내가 요미우리 씨의 프레젠테이션을 하는 걸까?"

그건 나도 물어보고 싶었다. 결국 무슨 말을 하고 싶은 거야?

"그 사람이라면 『새언니』라도 좋다고 생각한 것뿐이야. 사실은, 이런 식으로 아사무라 군을 속박할 수도 있는 말은 안 하는 게 좋지만 말이야. 무심코 흘려나왔네. 미안."

어제 그 반응에 이른 경위를, 아야세 양이 흔들림 없이 설명했다.

마치 사전에 이야기할 내용을 정리해둔 메모를, 머릿속에서 컨닝하며 읽는 것처럼 흔들림이 없었다.

저기, 그거 정말로 진심이야?

그 물음은 아슬아슬하게 목 안으로 삼켰다. 그녀가 응어리의 정체를 제대로 말한다며, 속내를 보여준 것이다. 그것이 거짓일지도 모른다고 의심하면, 우리들의 관계는 대전제부터 무너지고 만다.

그러니 지금 내가 해야 할 대답은, 그저 고개를 끄덕이는 것뿐이다.

"응, 용서할게. 그러니까 더 이상은 사과하지 마."

"응, 알았어."

이걸로 끝. 이 화제는 질질 끌지 말고, 깔끔하게 넘어간다—.

나와 아야세 양에게, 이것이야말로 가장 마음 편한 관계일 거다.

그러나 어째서일까? 목 안쪽에 생선가시가 걸린 것처럼, 종잡을 수 없는 불편함을 씻어내지 못하고 있었다.

역이 가까워질수록 사람의 수가 늘어난다. 아직 샐러리맨들의 퇴근 시간이 아닌 것 같은데, 벌써 넥타이를 한 남자도 힐을 신은 여자도 있었다. 거기에 여름 방학인 학생들의 모습이 섞여 있었다.

자전거를 보관소에 세울 때가 되어서야 뭔가를 깨달았다. 아차 하고 혀를 찼더니, 아야세 양이 놀란 표정으로 나를 봤다.

"왜 그래?"

"아, 별건 아닌데…… 아야세 양."

"뭔데?"

"어차피 집에도 같이 갈 건데, 나는 뭣 때문에 자전거를 밀고 온 걸까?"

올 때도 갈 때도 같이 다닐 거라면 자전거는 집에 두고 오면 됐었잖아?

"응?"

아야세 양이 「무슨 말이야?」 하는 눈으로 나를 봤다.

"—이유가 있었던 거 아냐?"

"아니 전혀. 습관적으로 끌고 나왔네."

"그, 그래? 뭐, 그런 일도 있는 거지……. 풉."

"습관은 무섭다니까."

"그런 걸로 해둘게."

눈이 웃고 있었다. 이 녀석, 남의 실수를 보고 웃다니.

뭐…… 요즘 계속 긴장한 기색이었으니, 어떤 이유든지 웃을 수 있다면 좋은 일이다.

자전거를 세우고, 기다려준 아야세 양과 합류하여 종업원용 입구로 들어갔다. 그대로 선배 점원을 발견하여 점장님이 어디 계신지 물어봤다.

사무실 문을 열자, 중앙에 놓인 책상의 창문 쪽에 점장님이 계셨다.

"으흠……? 아사무라 군이랑 아사무라 양…… 아니, 아야세 양이었지. 안녕?"

그렇게 부르는 것도 무리가 아니다. 호적상, 서류상으로 아야세 양의 본명은 아사무라 사키니까.

아버지랑 아키코 씨는 사실혼이 아니라 정식으로 입적했으니까 우리 가족의 성은 이미 모두 아사무라다. 그러나 학교나 직장 등에서는 대외적인 편리성을 중시하여, 아키코 씨와 아야세 양은 예전 성을 쓰고 있었다. 딱히 우리 집만 특수한 건 아니다. 요즘은 결혼한 뒤에도 명부나 명함, 메일 등에서 성을 바꾸지 않고 그대로 활동하는 사회인이 늘어나고 있다고 한다.

아르바이트는 아야세 양에게 새로운 관계성을 구축하는 장소이기도 하다. 여기서는 아사무라 사키라고 해도 될 법하지만, 내 여동생이라는 게 알려져서 특별 취급을 받기 싫다는 마음이 있었는지 결국 성을 아야세로 쓰며 일을 시작했다. 내가 평범하게 아야세 양이라고 부르니까, 지금까지 한 번도 다른 점원에게 들킨 적이 없다.

"안녕하세요? 실례합니다. 저기…….."

"응?"

우리가 인사를 마치고도 물러나지 않는 것을 깨달은 점장님이 새삼 고개를 들었다.

아직 30대 후반인데도 가게를 맡고 있는 만큼, 점장님은 부드러운 태도와 달리 상당한 실력자란 소문을 들었다.

"무슨 일 있어?"

"저기, 갑자기 죄송합니다. 저희들…… 저랑 아야세 양이 26일 쉬고, 내일모레 근무하는데요. 26일이랑 27일 근무를 바꿀 수 없을까요?"

"근무 교체……? 갑작스럽네. 무슨 일인데?"

"그게요—."

이럴 때는 섣불리 거짓말을 하면 들켰을 때 대책이 없어진다. 나는 이 알바를 잃고 싶지 않았다. 중요한 건 거짓말을 하지 않는 것. 그러면서, 물어보지도 않은 것을 이쪽이 먼저 말하지 않는 것이다.

그래서 나는 그냥 이렇게 말했다.

"사실은 친구가 갑자기 놀러 가자고 해서요."

나랑 아야세 양이 같은 고등학교에 다니는 것을 점장님은 알고 있었다. 그래서 점장님에게는 공통의 친구가 부른 거라고 말했다. 나라사카 양이랑 친한 건 아야세 양 쪽이고, 나는 간신히 친구 취급받는다는 온도 차이가 있지만. 그건 넘어가고.

이어서 아야세 양이 말했다.

"그 친구가, 어제까지 여행을 갔었거든요."

이것도 거짓말이 아니다.

나라사카 양이 어제까지 여행을 갔던 것은 사실.

그걸 듣고서 나라사카 양이 나에게 연락해오지 않은 이유도 알았다.

그야 여행지에서 일부러 나한테 전화를 하거나 메시지를 보내지는 않겠지. 하물며 아야세 양에게 전달을 해뒀으니까.

그렇지만, 우리들의 발언은 사실 그렇게 정직하지도 않았다. 예를 들어 「갑자기」라는 건 나에게만 해당되는 거고, 아야세 양에겐 그렇지 않다.

그러니까 그 발언은 내가 담당하고, 나라사카 양의 여행 사정은 아야세 양이 말했다.

거짓말은 하지 않아도 진실을 감출 수는 있다. 딱히 추천할 수 있는 교섭술은 아니지만.

중요한 것은 이제부터. 성의를 분명하게 전한다.

"제멋대로라는 건 알고 있지만, 부탁드립니다."

고개를 깊숙이 숙여 사과드렸다. 나를 따라서 옆에 선 아야세 양도 고개를 숙였다.

"흠. 조금만 기다려봐."

그렇게 말하고 점장님은 눈앞의 컴퓨터를 조작하기 시작했다.

아무래도 근무 예정표를 보는 모양이다.

"두 사람 분량이란 말이지……."

숙이고 있던 머리를 든 나는 아야세 양의 표정을 살폈다. 걱정스러운 표정을 짓고 있었다. 자, 어떻게 될까? 거절당했을 때는 다음 수를 생각해야 한다. 물론 법을 위반한 것도 아니고 점장님이 거절할 리도 없지만, 관계를 망가뜨리면서까지 무리하게 밀어붙일 생각은 없었다. ……지금은, 아무래도 그렇게까지 할 때가 아니다.

"27일은 목요일이었지. 흠."

그렇게 말하고 점장님은 가게의 전화기를 집더니, 어딘가로 전화를 걸기 시작했다.

아마도 교대 후보 직원한테 전화했으리라. 간단한 사정 설명을 한두 마디 나누고 금방 전화를 끊었다. 그걸 두 번 정도.

"괜찮대. 내일 올 두 사람 다 근무 시간 조정이 가능한 베테랑이니까. 교대해도 전혀 문제없다고 하네."

"정말인가요!"

"그래."

그렇게 말하고, 점장님이 생긋 웃으며 말을 이었다.

"그 대신, 내일은 확실하게 일을 해줘야겠어."

어엿한 사탕과 채찍이다. 뭐, 고등학생이 어른을 당해낼 리 없지. 어쩌면 고식적인 변명도 간파했을지도 모른다. 그러나, 지금 중요한 건 아야세 양이 한눈을 팔아주는 것이었다. 그것을 달성할 수 있다면 뭐든지 좋아.

못을 박은 점장님에게 우리는 큰 소리로 대답했다.

"네, 열심히 할게요!"

"앗, 네! 저도요!"

나랑 아야세 양은 나란히 다시 한번 깊숙하게 고개를 숙였다.

그렇게 둘이서 사무실을 나섰다.

문을 닫자, 아야세 양이 후우 숨을 내쉬었다.

"안심했어."

"다행이네."

"인생에서 제일 긴장했을지도 몰라."

"그건 좀 과장 아닐까?"

유니폼으로 갈아입자, 슬슬 근무 시작 시간이 되었다.

오늘은 둘이서 추가 주문으로 들어온 책을 책장에 진열하는 작업이 있었다. 입하된 책이 가득한 종이박스를 짐차에 신고서 책장의 숲을 돌아다녔다.

"아야세 양, 다음은…… 저쪽. 기술서 신서판이야."

"네, 아사무라 씨."

내 말에 대답하면서, 그녀는 종이박스 안의 책을 몇 권 꺼낸다. 짐차의 도착을 기다리는 시간이 아까운지 먼저 책장으로 걸어간다. 재빨리 비어 있는 책장에 책을 끼우고 있으면, 한 발 늦게 짐차가 도착한다. 그때부터 둘이서 책을 진열한다.

"시간 절약이 돼서 좋네."

"아사무라 씨가 더 굉장해요. 책장의 배치를 전부 기억하고 있어서 효율적으로 돌 수 있으니까."

"아무리 그래도 전부 기억하는 건 아냐."

오늘 입하된 책은 내가 특기인 장르가 많으니까, 종이박스 안을 쓱 보고 효율적으로 도는 코스를 구축할 수 있었던 것뿐이다. 그냥 운이 좋은 거지.

예상했던 시간보다, 약 15분쯤 빨리 종이 박스가 텅 비었다.

"좋아. 그러면 휴식하자."

"네."

짐차를 백야드에 돌려놓고, 나랑 아야세 양은 휴게실로 갔다.

급탕기에서 차가운 차를 종이컵에 따르고 의자에 앉았다.

"—아사무라 군은 말이야."

아야세 양이 조용히 말했다. 휴게실에는 나랑 아야세 양 둘밖에 없어서 그런지, 나를 부르는 호칭이 「씨」가 아니라 「군」으로 돌아와 있었다.

아야세 양은 컵의 차를 다 마시고, 자리에서 일어나 또 한 잔 따라왔다.

한숨 돌리더니 이야기를 마저 하기 시작했다.

"아사무라 군은 말이야. 친구가 적은 게 아니라 안 만드는 것뿐이지?"

"그럴 생각은 없는데 말이야."

"하지만, 적다는 거 신경 써? 안 쓰잖아?"

"그렇네. 딱히 신경 안 써."

"거봐."

"뭐, 그런 의미에서는 꼭 친구가 있으면 좋겠다고 생각하진 않아."

절대 필요 없다고 생각도 안 하지만.

오는 자는 막지 않는다.

"사실대로 말하자면, 나는 그렇게 간단히 근무시간을 바꿀 수 없을 거라고 생각했어. ……아니지. 그런 교섭을 하는 게 무서웠어. 하고 싶지 않아서, 될 수 없을 거라고 생각하고 싶었어."

"나는 익숙한 것뿐이야. 몇 번인가 교대를 한 적 있으니까."

"그건, 나보다도 커뮤니케이션의 실전 경험이 있다는 거 아냐?"

그런 생각은 해본 적이 없었다.

"그렇게…… 말할 수도 있겠네."

"가게에 들어와서 점장님이 어디 있는지 선배 점원한테 물어봤을 때도 그렇고, 점장님한테 교대의 교섭을 했을 때도 아사무라 군은 의연하고, 하고 싶은 말을 분명하게 할 수 있었어……. 아사무라 군은, 커뮤니케이션이 서투른 사람으로는 안 보여."

"너무 추켜세우는데."

나는 그 정도로 재주가 좋진 않다. 다만, 이 알바를 그럭저럭 오래 했고, 일이라는 공통의 화제 덕분에 어떻게든 말을 할 수 있는 것뿐이라고 생각한다.

"서로 성실하게 대화하는 게 요구되는 자리니까 오히려 쉬운 거야. 말하자면, 아야세 양이 말했던 명석한 커뮤니케이션을 구축하기 쉽잖아."

"나는 못해."

"할 수 있어, 이 일에 익숙해지면 말이야. 애초에, 이미 아야세 양은 충분히 하고 있어. 내가 생각하기에는, 중심이 되는 공통의 규칙이 설정되어 있는 것 같지만 전혀 그렇지 않은 친구끼리의 대화가 훨씬 어려워. 나는…… 역시 거북해. 내가 보기에는 아야세 양이 커뮤니케이션을 잘하지."

"……그렇지는."

그렇다니까. 굳이 말을 하진 않았지만, 아야세 양과 그럭저럭 괜찮게 가족이 되어 있는 것도, 그녀가 처음에 공통의 룰을 설정해준 덕분이었다.

기껏 갈 생각이 들은 그녀에게는 따로 말 안 했지만, 사실은 내가 더 불안으로 가득하다.

아야세 양에게 맞추어 워터파크에 가게 되어 버렸지만.

솔직히 아야세 양이나, 아슬아슬하게 나라사카 양과는 대화를 할 수 있을 것 같긴 하지만, 그밖에 동급생들과 제대로 즐길 자신 따위 나에겐 전혀 없었다.

워터파크에 가는 건 당장 내일모레인데.

●8월 26일 (수요일)

여름 방학의 끝이 다가오는 8월 26일 수요일 아침.

나는 아야세 양이 일어날 시각에 맞추어 시계를 세팅하고 눈을 떴다.

오전 6시 30분.

……상당히 졸리다.

거실에 들어서자, 이미 아야세 양이 아침 식사 준비를 하고 있었다.

부지런히 일하는 아야세 양을 잠시 바라보고 말았다. 그렇게 늦잠을 잔 건 처음이라는 그녀의 말도 이해가 된다.

"안녕, 아야세 양?"

"아사무라 군, 안녕? 오늘은 일찍 일어났네."

그녀는 잠깐 돌아보고 대답을 해주었다.

"바빠질 것 같아서."

그녀의 말에 답하면서 내 자리에 일단 앉았다.

통통……통.

도마 위에서 당근을 잘게 자르던 아야세 양의 식칼이 멈추었다.

그러곤 나를 돌아보고서 말했다.

"바빠? 근무 시간 바꾼 것뿐이잖아. 아니면 아사무라

군, 오늘 뭔가 다른 예정 있었어?"

"아아, 그런 건 아냐."

아야세 양의 걱정은, 내게 무슨 용건이 이미 있었는데 그게 워터파크에 가기 위해 근무를 변경한 것으로 인해 꼬인 게 아닌가 하는 거겠지.

"정말로?"

"맹세코. 오늘 하루는 원래 쉬는 날이었어. 여름 방학 과제가 덜 끝났으면 이럴 때 만회하자고 생각하겠지만, 그건 이미 끝냈어."

"그러면, 어째서?"

그녀가 고개를 갸웃거리는 것도 당연한 일이다. 뭐, 알수 없으리라. 이건 아싸 남자 특유의 고민이니까.

"수영복이 없어."

"……체육 수업은 어떡했는데?"

"수영이 아니라 구기를 골랐거든. 친구가 그쪽을 좋아해서."

"아아, 그렇구나."

"친구한테 동조만 해서는 손해를 본다는 교훈을 얻었네."

나는 마루의 얼굴을 떠올리며 어깨를 축 늘어뜨렸다.

여름 시기 체육 수업은 선택식이라, 수영이나 구기 중에서 고를 수 있었다. 물론 설령 체육에서 수영을 골랐다 하더라도 친구랑 놀러 가는데 학교 수영복을 입고 가는 건 촌스러울지도 모른다. 그냥 나만의 생각일지도 모르지만,

반의 인싸 그룹과 놀러 간다면 나름대로의 드레스 코드가 있지 않을까?

"아하하, 너무 거창하잖아. 그래서 사러 가는 거구나."

"그래. 사는 수밖에 없어. 다행히 알바비가 있으니까 살 순 있어. 오늘은 근무가 저녁 6시까지니까 충분히 괜찮을 거야."

평소에는 풀타임이니까 심야에 끝나지만, 오늘은 저녁 6시까지 하프타임 근무다. 이건 교대하기 전의 27일이 근무가 그랬기 때문이다.

"알바 끝나고 가려고?"

"그럴 수밖에 없어. 좀 찾아봤는데, 수영복을 파는 가게는 아침 11시에 여는 곳이 많더라고. 아침 일찍부터 여는 가게를 못 찾았어."

"그렇구나…… 근무 시작 시간에는 못 맞추네."

"맞춘다고 해도 아슬아슬하지. 그건 피하고 싶어서."

오늘 근무는 제대로 하라고 점장님이 못을 박았다. 만에 하나라도 지각하는 꼴을 보일 수는 없다.

11시 오픈인 가게에 들어가도, 고르는데 망설이지 않는다면 근무 시작 시간인 12시까지는 안 늦을 거라고 생각한다. ─망설이지 않는다면 말이지.

"그렇게 망설일 일인가? ……아, 패션에는 흥미가 없는 사람이었지."

내가 표정을 찌푸리고 고개를 끄덕였다. 그렇습니다.

애당초, 나에게 패션은 너무 어렵다. 옷을 고르는 기준을 모르겠어. 왜 그렇게 종류가 많은 건지. 서로 어디가 다른 거고? 책의 장르 같은 건가? 매장에 가서 우왕좌왕하는 자신이 눈에 선하다. 누가 말을 걸면, 뭐라고 해야 되지?

망설이면서 시간을 소비할 게 틀림없다. 지각하는 리스크를 질 바에는, 우려 없이 느긋하게 고르고 싶다.

그리고 내일에 대한 준비도 해야 된다.

학생이 여름 방학에 워터파크 가면서 거창한 준비가 필요하다고 생각하진 않지만, 막상 가서 이게 없네 저게 없네 해도 곤란하다.

그리고 아야세 양 앞이라 오늘은 하루 종일 한가하고 아무 일 없었다는 식으로 말한 거지, 낮부터 저녁까지 알바가 있을 거라 생각 못했으니까 세탁 등 잡일을 오전 중에 처리해야 했다.

"그래? 알았어. 아아, 맞아. 마아야가 내일 스케줄을 보내줬어."

"아, 그렇구나."

"나중에 전송해둘게."

"알았어."

나라사카 양에게는 어제가 지나기 전에 워터파크에 가겠다고 연락을 했다. 아슬아슬하게 시간을 끈 것은 알바 교대 허가를 받지 않으면 갈 수 있을지 불확실했기 때문이다. 가고 싶다고 말했다가 못 가게 됐다고 그날 말을 바꿀 수는 없으니까.

점장님이 허가를 해준 뒤에 곧장 아야세 양이 메시지를 보냈다고 한다.

대답은 1분도 안 걸려 왔다.

역시 나라사카 양이다.

그러던 사이에 아버지가 일어나셨다. 벌써 7시네. 아버지는 세면장을 경유해 거실로 들어섰다.

"안녕, 사키? 어라, 유우타도 있네. 희한한걸?"

"좋은 아침이에요."

"그래, 좋은 아침이구나."

인사에 답하면서 아버지는 자리에 앉았다.

내가 곧장 일어서서 아버지의 그릇에 자연스럽게 밥을 담아주자, 아버지는 유감스런 표정을 지었다. 아, 그러신가요. 아야세 양이 담아주는 게 좋단 거죠? 정말이지.

된장국은 아야세 양이 담아줄 테니까 그걸로 참으라고.

"여기요, 새아버지."

"고마워, 사키."

"천만에요."

아침식사 메뉴는 오늘도 아야세 양 입장에서 시간을 아낄 수 있는 간단 레시피로, 두부와 시금치 무침. 두부 위엔 갈아낸 생강과 가다랑어포, 그리고 잘게 다진 파도 뿌려 놓았다. 여기에 간장을 뿌려서 먹는 것이다.

나는 몰랐는데, 두부에 뿌리는 파에는 여러 종류가 있었다. 아야세 양이 가르쳐 준 것으로, 이건 「쪽파」라고 한다. 이후 인터넷으로 두부에 뿌리는 파의 종류를 조사해봤더니 「쪽파」, 「부추」, 「실파」, 「산파」, 「대파」 같은 비슷해 보이는 것들이 차례차례로 나와서, 내가 평소 두부에 뿌리던 것이 뭐였는지 알 수 없게 됐다.

일단 오늘은 「쪽파」란다.

곧이어 구운 빙어 세 마리가 담긴 파란 접시가 아버지 앞에 살짝 놓였다.

"아사무라 군은 조금 기다려."

"서두르지 않아도 돼. 아버지 먼저 드려."

학교에 가야 하는 시기라면, 나도 아야세 양도 슬슬 먹기 시작해야 안 늦지만 말이야.

"먼저 먹을게. 미안해."

젓가락을 움직이며 아버지는 얼른 식사를 마쳤다. 그러곤 정확히 7시 반에 집을 나서셨다. 나는 아버지의 식기를 싱크대에 정리해 놓았다.

그런 아버지와 교대하듯, 8시가 되자 아키코 씨가 돌아왔다. 귀가 전에 아침은 먹었다고 하시며 그대로 침실로 직행했다.

아키코 씨랑 아야세 양이 들어온 뒤부터, 늘 보는 아침 풍경이었다.

오랜만에 학교 다닐 무렵의 루틴을 떠올렸다. 여름 방학도 이제 곧 끝나니까, 일상을 되찾아야 할 무렵이다.

나는 뒷정리를 도운 다음 방에 틀어박혀, 알바 시간이 될 때까지 내일 있을 예정을 정리했다.

LINE에는 아야세 양 경유로 나라사카 양이 보낸 메시지 몇 개가 전송되어 있었다. 내일 일정을 장문으로 한꺼번에 보내왔다. 마치 초등학교에서 본 소풍 안내문처럼 상세하다.

아야세 양 말로는 최근에 여행을 갔다던데, 혹시 여행 중에 이 장문의 안내문을 만든 걸까?

나라사카 양, 노는데 진심인 타입인가?

『기왕 마아야가 만들어준 거니까, 꼼꼼하게 읽어둬.』

아야세 양의 메시지가 추가로 와있었다.

그렇게 가기 싫다고 했던 아야세 양이지만, 막상 간다고 정해지자 제법 긍정적인 태도다. 아키코 씨가 말했던 그대로야.

─어렸을 때는 참 난리였어. 여름이 되면 아이스크림 사 달라고 조르거나 워터파크 가자고 떼를 쓰기도 하고……

그녀의 마음속에서 오랜만에 노는 걸 즐길 마음이 돌아온 것 같아 나도 기뻤다.

점심 조금 전에 집을 나서서, 알바하는 서점에 아야세 양과 함께 여유를 가지고 도착했다.

"좋아. 그러면 기합을 넣고 일하자, 아야세 양."

"아사무라 씨도. 잘 부탁드립니다."

가게 안에 들어서자마자 아야세 양이 나에 대한 호칭을 바꿨다.

근무 교체를 허가해준 점장님을 위해서라도, 그날은 평소 이상으로 일했던 것 같다.

시작하자마자 나와 아야세 양은 계산대를 맡게 됐다.

계산대 업무는 서점의 알바에서 가장 스트레스가 쌓이는 작업이다. 애당초 나 같은 음침 아싸한테 커뮤니케이션 스킬을 요구하면 곤란하다. 하지만 일이니까 어쩔 수 없지.

계산대가 한가해지면, 틈을 봐서 북 커버를 접는다.

책의 크기로 자른 두꺼운 종이를 받침 삼아서 위아래를 접고, 좌우의 날개를 넣은 부분을 한쪽만 접는다. 책의 두께는 책마다 다르니까, 양쪽을 다 접어 버리면 헐렁해지거나 안 들어가기도 하기 때문이다. 양쪽 다 다시 접으면 되는 일이지만, 커버를 다시 접었던 자국이 남아 버린 책을 손님에게 팔 수는 없다.

그걸 모르고 좌우의 날개를 모두 접어버린 적이 있다. 결국 커버를 씌울 수 있는 책이 한정된 탓에, 미리 접은 커버를 다 소모할 때까지 고생했다. 혼나기도 했고. 아야세 양은 그런 미스는 안 했다. 요미우리 선배 말처럼, 그녀는 나보다도 훨씬 우수하다.

그날은 사무실과 탈의실 청소도 있었다.

게다가 이렇게 일이 많은 날에 꼭 요미우리 선배는 쉬는 날이다. 그 사람, 설마 다 알고서 오늘 쉬는 건 아니겠지? 아니, 나도 원래는 오늘이 쉬는 날이었지.

"이제는 이 쓰레기를 버리고 오면 끝이구나."

"내가 버리고 올게."

"아냐, 하는 김에 내가 이대로 버리고 올게."

쓰레기가 든 비닐봉지를 들고 사무실을 나서려는데, 때마침 점장님이 들어오셨다.

"오오, 깨끗해졌네. 응, 두 사람 다 일을 잘하네. 수고했어."

둘 모두 칭찬을 받았다.

인사치레라는 건 알고 있지만 기분은 좋다. 훌륭한 당근이야. 역시 이 점장님은 실력파라고 생각했다.

"고맙습니다."

아야세 양도 생긋 웃었다.

오후 6시, 일을 마치고 둘이서 가게를 나섰다.

"그럼 나는 수영복 사고 돌아갈게. 오늘은 배웅을 못 하겠는데."

"아직 6시야. 필요 없어."

"그렇겠지. 그러면 먼저 돌아가."

"아사무라 군, 어디서 살 생각이야?"

나는 눈여겨본 가게가 있는 백화점 이름을 말했다.

"거기구나. 그러면, 나도 갈래."

그 말을 듣자, 한순간 두근거렸다.

"왜?"

"거긴 여성용 수영복 가게도 있으니까. 나도 살래. 어제 한 번 대봤는데, 조금 안 맞을지도 몰라서. 만약을 위해 사려고."

그녀는 그렇게 말하더니, 서둘러 발을 옮기기 시작했다.

나는 급하게 아야세 양의 뒤를 따라갔다.

설마 이대로 함께 수영복을 사는 건가? 내 빈곤한 경험과 빈약한 상상력은, 남녀가 수영복을 사러 가는 건 커플뿐이라고 정해두고 있었다. 편견이라는 건 잘 안다. 그러나 그 정도가 아니라면 둘이서 갈 이유가 있을까? ⋯⋯아니, 없다.

어색한 마음을 느끼면서 수영복을 고르거나 입어보면서, 파티션 너머로 대화를 하거나, 거기서 묘한 트러블에 말려든다는, 소설이나 만화에서 때때로 보는 일은 현실에서 일어날 리가 없다.

그러나 만약 내 지식이 부족할 뿐이지, 의외로 리얼한 세계에서도 오빠와 여동생이 수영복을 사러 가는 게 상식이라면? 표정 하나 바꾸지 않는 아야세 양의 옆모습을 보면, 그 가능성도 충분히 있을 것 같았다.

정말로 수영복을 함께 사게 된다면, 나는 어떤 표정과 어떤 태도로 임해야 할까? 백화점까지 거리가 얼마 되지도 않는데, 그 때까지 마음의 준비를 할 수 있을까—?

이런 내 갈등은 결과적으로 말해 모두 쓸데없었다.

백화점은 대부분의 경우, 여성용 매장이 아래층에 있고, 남성용은 위쪽에 있다.

에스컬레이터에서 같이 올라가다, 여성용 복장이 많은 층에 도착하자 아야세 양은 매장으로 걸음을 옮기며 나를 향해 고개를 돌리고 말했다.

"그러면 여기서 갈라지자. 쇼핑이 끝났을 때 어쩌다가 시간이 맞으면 입구에서 합류, 안 맞으면 신경 쓰지 말고 돌아가자."

"……알았어."

그야 그렇지. 그것이 리얼한 세계란 것이다. 단언하지. 오빠가 여동생의 수영복 고르기에 따라갈 필요는 없다.

……아마도.

참고로 내가 수영복을 고르는 데엔 1시간 이상 걸렸다.

거 봐, 알바 끝난 다음에 오는 게 정답이었잖아.

●8월 27일 (목요일)

흔들리는 전철의 진동을 느끼면서, 파란 하늘 아래 흘러가는 낯선 경치를 멍하니 바라보았다.

이런 식으로 전철을 타는 것도 오랜만이다.

시부야에서 태어나 자란 나는 극한의 인도어 아싸 생활을 보냈기에, 전철에 탈 일이 별로 없었다.

만화와 책만 있으면 살아갈 수 있는 나에게, 시부야란 동네는 천국이었다. 작은 길거리 책방이 주르륵 늘어선 모습이 사라진 지금조차도, 커다란 서점이 몇 갠가 남아있다.

휴일은 책방에서 책방으로 이동하기만 해도 시간을 때울 수 있으니 멀리 갈 필요도 없었다.

그런데 설마 워터파크에 놀러 가려고 전철을 타게 될 줄이야.

차량 안은 사람이 많지 않았다. 여름 방학이 오늘을 포함해 앞으로 닷새밖에 안 남았다. 이쯤 되면 노는 일정도 끝나, 휴일이 얼마 안 남은 것에 당황하는 녀석들도 나올 무렵이다.

휴대전화를 보고 시간을 확인했다. 오전 9시 18분. 집합시간은 신주쿠 역 개찰구에서 9시 반이니까, 충분히 맞출 수 있다.

다만, 모인 다음에 거기서 워터파크까지 환승 없이 전철로 30분. 더욱이 버스로 30분 더 걸린다고 하니까 생각보다 멀다.

벌써부터 마음이 무거워지네.

아니지. 힘내라. 나. 아야세 양을 내팽개치고 나만 돌아갈 수는 없어.

그 아야세 양은, 집합 장소까지 따로 가기로 했다. 나보다 15분은 더 일찍 집을 나섰다.

학교에서도 남으로 행세를 하고 있으니, 굳이 관계를 밝힐 이유가 없는 것이다.

그렇지만 나라사카 양은 알고 있단 말이지. 딱히 들켜도 곤란할 건 아니니까, 나도 아야세 양도 입막음을 하지는 않았다.

들키면 그때는 뭐, 그때다. 나쁜 짓을 한 것도 아니고.

멍하니 풍경을 바라보면서 생각에 잠긴 사이, 차내 안내 방송이 역 이름을 알려준다.

숨을 내쉬는 것 같은 소리와 함께 문이 열리고, 나는 홈에 내려섰다.

개찰구를 빠져나가자 10명쯤 모여 있는 집단이 보였다. 남녀 비율은 거의 반반 느낌이고, 모두 스이세이 고등학교의 교복을 입고 있었다. 학생용 가방까지 들고 있으니, 마치 대외활동 중인 고등학생 같았다.

"이상한 느낌이네."

나는 조용히 말했다.

그러는 나도 교복 차림이었다.

그렇다. 일정을 공유해준 뒤, 나라사카 양이 LINE으로 추가 지시 사항을 보냈다. 반드시 교복을 입고, 학생용 가방을 지참할 것과 학생증도 잊지 말고 가져오라는 엄명이었다. 학생 할인을 위해서라고 하는데, 그렇다면 학생증만 있으면 되지 않나?

의문은 남지만 다른 사람도 교복이라면 일부러 사복을 입어서 붕 뜰 필요도 없다. 나는 동조압력에 순순히 따르는 일반인이니까, 이렇게 교복을 입고 온 것이다.

모인 학생들의 얼굴을 새삼 보자, 몇 명인가 본 적 있는 얼굴이 섞여 있었다.

"저건가⋯⋯."

집단과 약간 거리를 유지하면서 아야세 양이 서 있었다. 역시나 교복 차림. 힐끔 나를 보고, 작게 안도의 숨을 내쉬었다.

뭐, 아야세 양도 친구라고 할 수 있는 건 나라사카 양뿐이니까.

그런 나라사카 양은 집단 중심에서 떠들썩하게 모두와 대화를 나누고 있었다. 역시 스이세이 고등학교 제일의 커뮤니케이션 강자(내 기준)다.

나라사카 양은 나를 발견하고 기지개를 켜듯이 손을 흔들었다. 작은 몸을 쭉 뻗은 모습은 마치 프레리도그를 연상한다. 작은 동물 같은 귀여움이 남자들에게 인기 있는 이유겠지.

　"좋은 아침점심저녁, 아사무라!"

　"좋은…… 어, 평범하게 아침이라고 하면 되지 않아?"

　"우리 업계에서는 이래도 되는 거야."

　"무슨 업계인데?"

　"스이세이 고등학교 업계."

　"으음, 그렇구나?"

　그런가, 고등학교는 업계였구나. 영문을 모르겠는데.

　개찰구에서 쏟아져 나오는 인파에 방해가 되지 않도록 하면서, 각자 가볍게 자기소개를 한다. 말은 「가볍게」라고 했지만, 한 명 한 명이 이름을 말할 때마다 나라사카 양이 참견하다 보니 실제로는 시간이 무척 늘어졌다.

　"아사무라 유우타야. ……잘 부탁해."

　"네, 이 사람은 아사무라! 차분한 분위기지만 사실은 남몰래 인기가 높아지고 있는 남학생이야!"

　"남몰래 인기가 높아지는 건 대체 뭔 말인데!"

　남학생 한 명이 성실하게 한 마디 던졌다.

　"다시 말해서, 아사무라랑 친해지려면 지금! 이라는 거야!"

　그렇게 일동 한바탕 웃음. 조크로 분위기를 띄우는 것이 그녀의 커뮤니케이션 방법인 건가.

"그렇지, 아사무라?"

"여러모로 이상하지만…… 뭐, 그렇다 치자."

"아사무라, 잘 부탁한다!"

럭비부에 소속된 거 아닌가 싶을 정도로 새까맣게 피부가 탔고 체격이 좋은 녀석이 갑자기 악수를 청했다.

무심코 경직해서 반응이 늦어진 것은 커다란 덩치에 놀란 게 아니라, 초면인데도 벌써 친근한 태도로 이름을 불러왔기 때문이다. 어쩌면 이게 나라사카 양이 만들어준 분위기의 효과일까?

"나야말로……."

어쩔 수 없이 악수를 나눴지만, 거리감이 가깝다고 생각했다. 명랑한 체육부 남학생 특유의 인싸 분위기가 가득했다.

상대방의 태도 변화가 너무 빨리 가속하긴 했지만, 나는 억지로 웃음을 만드는 것으로 어떻게든 넘어갔다. 그렇지만 역시 이 분위기는 익숙하지 않은 느낌이었다.

그럼에도 나로서는 오늘 하루 아야세 양이 즐겁게 지내며 리프레시했으면 좋겠다고 생각하고 있으니, 열심히 그들과 융화될 노력을 해봐야지.

자기소개가 이어졌다.

나라사카 양은 나만 그런 게 아니라 저마다에 맞추어 소개할 때 말장난을 하거나, 웃긴 얘기를 해서 이름이나 특징을 강조해준다. 덕분에 사람 이름을 잘 기억 못 하는 나조차, 이 자리에서 몇 명의 성격과 이름을 파악할 수 있을 정도였다. 그렇군, 이래서 일일이 참견하는 거구나.

나라사카 마아야, 무서운 아이다.

"아야세, 사키."

"사키는 다들 알고 있을 거라고 생각하지만……. 괜찮아. 보이는 것만큼 무섭지 않아. 안 물어, 안 물어."

"뭐, 잘 부탁해."

"아얏시라고 불러줘!"

그건 어느 지방의 마스코트 캐릭터냐고.

"평범하게 『아야세』가 좋아."

괜히 맞춰주지 않고 아야세 양이 말했다. 화를 내지 않고 쓴웃음을 지었기 때문인지, 여자애들 몇 명이 의외란 표정으로 아야세 양을 보았다. 그런가, 저 사람들은 그녀가 정말로 무서운 여자애라고 생각했구나.

"근데 나라사카. 왜 교복이야?"

멤버 중 한 명이 지당한 의문을 말했다.

"말했잖아. 학생 할인 받아야지."

"학생증만 있어도 되지 않아?"

"그건 겉치레고. 교복을 입으면 부모님이 좀 엄격해도 나올 수 있잖아?"

"의미를 모르겠다고~."

"귀찮으니까 사소한 걸로 꼬치꼬치 캐묻지 마시고~. 교복 입고 놀 수 있는 것도 지금뿐이니까, 신경 쓰지 말고 재밌으면 된다니깐."

질문자가 납득할 수 있는 대답은 아니었지만, 불만을 질질 끌 생각은 없는지 그는 순순히 물러났다.

아아, 알겠다. 그런 대화를 들으면서, 나는 속으로 끄덕였다.

나라사카 양은 정말로 상상 이상의 배려를 할 줄 안다.

아마도 오늘 모이는 학생 중에 부모님이 엄격해서, 뭔가 거짓말을 하고 놀러 와야 하는 사람이 있었을 것이다. 예를 들어 학교에서 위원회 일이 있다거나, 오픈 캠퍼스라거나, 그런 거짓말이다. 사전에 그런 상담을 받은 나라사카 양이, 혼자서만 붕 뜨지 않도록 배려하여 모두를 교복 차림으로 통일했다. ……어디까지나 추측, 이지만.

둘러봐도 누구의 사정으로 교복을 입게 됐는지 전혀 알 수가 없다. 나라사카 양만 알고 있고, 일절 입 밖에 내지 않으니 비밀이 유지되는 것이다. 의문의 룰이 설정된 것에 대한 불만은 나라사카 양만 받게 되고, 그녀가 조금 어벙한 제안을 해도 용납되는 분위기를 만들고 있으니 치명적인 불화로 발전하지 않는다.

나라사카 마아야에게서, 새삼 커뮤니케이션 능력의 극치를 보았다.

"그러면, 가자~!"

고도의 조정 능력을 잘 숨긴 나라사카 양은, 선두에 서서 환승 전철의 개찰구를 향해 활기차게 걷기 시작했다.

그렇게, 나라사카 선생님의 인솔에 의한 여름 방학 추억 만들기— 소풍 시작이다.

환승한 전철은 신주쿠에서 서쪽을 향해 달렸다.

목적지까지의 거리를 반쯤 지나자 키가 큰 건물이 조금씩 사라지고, 파란 하늘이 창가에서 보이는 경치를 메웠다.

도심에서 서쪽으로 나아간다면 도쿄만에서 멀어지게 된다. 물놀이를 하러 바다와 멀어진다는 것도 이상한 이야기다. 어쩌면 바다가 근처에 없기 때문에 워터파크 시설이 발달하는 걸지도 모르겠다.

나라사카 양이 불러모은 것은 나, 아야세 양, 그리고 나라사카 양을 포함하여 남녀 10명이었다. 남녀의 수는 딱 다섯 명씩 되도록 구성되어 있었다. 다시 말해서, 나에게는 초면인 사람이 일곱 명이나 있는 것이다.

이동하는 동안 그들과의 대화에 고생하지 않은 것에 놀랐다.

이야기의 실마리를 찾는데 꽤 고생할 것 같아 다소 겁먹고 있었는데, 실상은 그렇지 않았다. 다시 말해서 진정한 커뮤니케이션 강자란 것은, 대화 상대가 음침 캐릭터에다

말주변이 없어도 팽개치지 않을 수 있다는 것이다.

"오호, 아사무라는 서점에서 알바를 하는구나."

"맞아."

"서점 알바는 돈 많이 줘?"

"글쎄……. 나는 다른 알바를 한 적이 없어서 모르겠네."

"하지만 방학 기간에 계속 알바랑 여름 강습만 다니다니, 장하네!"

"그러게. 나는 맨날 퍼질러 잤거든!"

"아니, 그건 자랑이 아닌 것 같은데……."

그래도 나는 이 잡담이란 것이 거북했다. 추천하는 책에 대해서라면 얼마든지 떠들 수 있는데. 그러다가 생각했다. 아아, 그렇구나. 애당초 「떠든다」는 대화가 아니지.

그러나, 대화 주제를 정하지 않은 상호 정보 전달은 반대로 난이도가 높은 것 같단 말이지.

어쨌거나 별거 아닌 대화를 어떻게든 나누면서, 30분 정도 전철을 타고 버스로 갈아타 추가로 30분 정도 더 달렸다.

마침내 워터파크 시설 앞에 도착했다.

바깥은 한여름의 햇살 때문에 버스에서 내리자마자 현기증이 날 만큼의 열기가 몸을 감쌌다.

냉방을 틀어뒀던 버스 내부와 온도 차이가 심하다. 아스팔트에 그은 하얀 선이 태양 광선을 반사하여 눈부시다.

"이게 워터파크야?"

눈앞의 거대한 건물을 올려다보며 나는 무심코 소리를 냈다.

물놀이 장소라면 학교의 풀장이나, 고작해야 시민 풀장 밖에 상상 못 하는 나에게는 눈앞의 시설이 초대형 온천여관으로 보였다.

"여기는 입구. 이 앞에 커다란 실내 풀이 있어. 저기, 투명한 지붕 있는 곳. 그리고 저쪽에 실외 워터파크도 있어. 봐봐, 저기에 놀이기구 일부가 살짝 보이지?"

나라사카 양의 말을 듣고, 나는 눈에 들어온 것에 대한 감상을 솔직하게 말했다.

"아아…… 미끄럼틀이구나."

"하다못해 워터슬라이드라고 해! 아사무라, 정서가 빈약해!"

"정서는 상관없잖아."

"기분이 바뀐단 말이야. 고등학생이 미끄럼틀 타고 놀고 왔습니다라고 말하면 어떻게 생각해!"

"미끄럼틀 타며 놀았구나, 하고 생각하지 않을까?"

"……사키, 유미! 뭐라고 말 좀 해줘!"

아야세 양과 옆에 있던 여자애를 향해 말했다.

"미끄럼틀이라고 하기엔 커다라니까, 정확한 전달을 위해 물줄기가 흐르는 커다란 미끄럼틀이라고 하는 게 좋을 것 같아."

아야세 양……. 그거, 그냥 번역한 거 아닐까?

옆에 있는 타바타 유미(라는 이름이었지, 분명? 야마노테 선의 역 이름과 같다고 나라사카 양이 소개를 했으니까) 양이 아야세 양의 말에 눈이 동그래졌다.

"아야세는 농담도 하는구나."

"농담……. 아아, 응."

아야세 양은 그런 농담 안 한다. 저건 생각한 그대로 말한 것뿐이야.

"저 안쪽에 놀이공원도 있어~. 아사무라는 이런 데 처음 왔어?"

"뭐…… 처음, 이지."

놀이공원도 동물원도 싫어하진 않는다. 굳이 따지자면 좋아하는 편이다. 다만 나는 놀이기구는커녕 동네 축제에서도 다른 사람과 맞추어 다니는 게 거북하다. 그럴 바에는 혼자 다니고 말지.

이런 말을 하니까 음침 아싸라고 불리는 걸지도 모른다. 하지만 저마다의 리듬이 있다고 알아줬으면 좋겠다. 세상 사람들은 어째서 그런 곳에 충동적으로 달려갈 수 있는 걸까?

"오늘은 이 앞의 실내 워터파크가 중심이야!"

"정말이네."

LINE의 예정표에도 그렇게 적혀 있었다.

입구에서 1Day 패스를 사서 안에 들어갔다.

그다음에 남자 탈의실에서 옷을 갈아입고, 어제 산 신품 수영복을 입었다.

학교에서 체육복으로 갈아입는 것과 크게 차이 없는 경험이라 창피함은 딱히 없지만, 사물함 열쇠에는 불안을 느꼈다. 고무줄에 달린 열쇠를 손목에 감고 워터파크에 가야 하는 거잖아. 어쩌다가 풀려서 물에 휩쓸려가면 어떡하지? 다들 그런 생각 안 드나? 오히려 어째서 다들 태평한 표정이지? 내 생각이 지나친 건가?

어쨌든 수영복을 입고, 워터파크로 갔다.

시설 안에 들어간 나는 깜짝 놀랐다.

예를 들어 말하자면, 그곳은 거대한 온실이었다. 물론 주변을 둘러싸고 있는 건 비닐 시트가 아니다. 유리나, 아마도 아크릴 플레이트, 뭐 그런 거겠지.

체육관이 몇 개 들어갈지 알 수 없는 넓이. 시설 안에는 해변을 이미지로 만들어진 거대한 얕은 풀이 3분의 1 정도 자리를 차지하고, 넘실넘실하는 파도까지 재현되어 있었다. 정석인 미끄럼틀……이 아니지. 워터슬라이드로 보이는 것부터 어떻게 노는 건지 알 수 없는 설비까지 잔뜩 있었다.

바다와는 다른, 워터파크 특유의 물 냄새가 난다.

사람들의 수는 고만고만한가? 생각보다는 한산해서, 역시 여름 방학 끄트머리의 평일이란 느낌이었다. 콩나물시

루 같이 바글바글한 상태가 아니라 다행이다.

곧이어 여학생 무리와 합류했다.

다섯 명 모두, 척 봐도 알 수 있는 새로 산 수영복 차림이다. 역시 여자애들은 그런 걸 신경 쓰는구나. 요전에 아야세 양의 모습을 떠올렸다. 옷이라……. 옷은 입을 게 없으면 사는 거라고 생각했는데.

나라사카 양은 노출도가 높은 비키니였다. 위아래 레몬 옐로우 컬러의 수영복이 그녀의 밝은 성격 덕인지 잘 어울린다. 다만 그녀의 작은 키와 행동 때문에, 비키니라고 했을 때 상상하는 선정적인 느낌과는 거리가 멀다. 귀엽다는 생각이 먼저 든다.

아야세 양은 대조적으로 노출도가 적은 탱키니였다. 양쪽 어깨는 드러내고 있지만, 끈으로 매달린 세퍼레이트의 위아래엔 빈틈이 없다.

여름에 들어서 아야세 양은 더위 탓인지 어깨가 드러나는 옷을 즐겨 입는다. 나는 집에서 매일 그걸 보고 있다. 그런데, 아야세 양의 수영복을 보자 가슴이 뛰었다. 익숙한 모습이지만, 다른 복장이라는 것을 강하게 의식해 버렸다.

"오오~!"

남자들이 여자들을 보고 일제히 환성을 질렀다. 그리고 다섯 명 사이에 몸을 숨기듯 서 있던 아야세 양을 보는 시선이 가장 뜨거운 것은, 그런 것에 별로 흥미가 없는 나조

차 알 수 있었다.

그야 스타일이 남다르니까. 허리의 위치가 높고 다리는 늘씬하게 길다. 설령 노출이 얌전한 수영복을 입더라도 그것은 명백했다. 남자들이 작게 휘파람을 부는 소리가 귀에 들어와서, 나는 가슴 속에 뭐라 말하기 어려운 감정이 솟아올랐다. 이건 뭐지?

"아야세, 끝내주는데! 야, 아사무라도 그렇게 생각하지?"

"아니, 뭔가 그런 식으로 표현하는 건, 좋지 않은 게······ 아닐까?"

나는 반사적으로 대답했다.

말투에 따라 성희롱으로 고소당할 수도 있는 시대에 조심성이 없다는 생각도 했다. 그러나 물론 그것뿐이 아니라 말로 표현하기 어려운, 꾸물꾸물한 싫은 감정이 솟아올랐던 탓도 컸다.

그러나, 내 주장은 안 통하는 모양이다.

"아니지, 남자라면 봐! 당연히 본다고!"

"어쩔 수 없어. 이건 어쩔 수 없어!"

그렇게 말하면서 다들 흥분했다.

조금 욱한 본심이 표정에 드러났는지, 직전에 삼켰는지는 스스로도 잘 모르겠다.

내가 더욱이 반론을 쏟아내려고 했을 때, 나라사카 양이 왼손을 허리에 대고 오른팔을 척 올리며 우리 쪽을 가리켰다.

"시끄러, 거기 남자들! 아사무라가 옳아! 야한 눈으로 보는 남자는 찔러버린다!"

그렇게 말하면서, 앞으로 내민 검지와 중지를 내밀어 눈 찌르기 자세를 잡았다. 나라사카 양, 위험하잖아.

그러나, 덕분에 남자들의 흥분이 식었다.

여자들의 차가운 시선이 쏟아지는 것을 깨달았기 때문이겠지.

뭐, 나도 건전한 남자고교생이다. 음침 아싸 캐릭터라고 해도 마음은 이해한다. 이해하지만, 오늘날에는 그걸 그녀들 앞에서 말하면 안 된다는 걸 배워두는 게 좋아.

그러는 내 말도 반사적으로 튀어나왔고, 고상한 발언이 었는지 아닌지는 스스로도 알 수 없지만.

시선을 느낀 내가 돌아보는 것과, 아야세 양이 눈을 돌린 것은 동시였다.

지금…… 날 보고 있었나? 하지만 내 의문에 답은 없었다. 아야세 양은 금방 여자들 사이에 들어가 섞여 버렸다.

"그러면, 마음을 가다듬고 놀자~!"

나라사카 양이 식어버린 분위기를 다시 가열하듯 드높이 선언했다.

"밥 먹을 시간까지는 다 함께 놀이기구를 돌자! 일단 저 커다란 미끄럼틀부터!"

그러면서 워터슬라이드를 가리켰다.

……미끄럼틀이라고 해도 되는 거야?

나라사카 양이 작성한 「여름의 추억을 만드는 예정표」에 적힌 스케줄에 따르면, 오전에는 각종 놀이기구를 중심으로 다 함께 놀 예정이었다.

일단 워터슬라이드부터. 시설 입구에서 보인 실외 워터슬라이드와 비교하면 작지만, 2층 정도 높이에서 미끄러져 떨어지는 거니까 나름대로 스릴이 있다. 그리고 폭포처럼 떨어지는 물을 통과하거나, 어째서인지 미로를 헤매거나, 우리는 때때로 환성을 지르며 차례차례 놀이기구를 소화했다.

노는 도중 나는 예정표에 적혀 있던 스케줄을 떠올리고, 계획을 세운 나라사카 양의 배려에 혀를 내둘렀다.

이런 시설이 제공하는 놀이기구는 확실하게 즐거움을 준다.

다시 말해서 누가 참가해도 일정한 쾌감을 얻을 수 있는 장치다.

오늘 모인 열 명은 서로 간의 연결이 희박한 사람들이었다. 사이좋은 사람들끼리만 뭉쳐서 누군가 따돌림 당하는 일이 없도록 하는 방법 중 하나는, 모두 초면으로 통일해 버리는 거니까. 뭐, 나랑 아야세 양은 초면이 아니지만.

다만 그 경우 설령 같은 학교의 동기라고 해도, 반도 다르고 성별도 다른 열 명이 갑자기 친해질 수 있을 리 없다.

하물며 나라사카 양처럼 교우관계가 넓은 사람은 친구 또한 다양하다. 운동부인 녀석, 문화부인 녀석, 위원회에서 알게 됐거나, 취미가 같은 동료이거나.

그래서 애당초 일상 수준 이상의 커뮤니케이션이 어렵다고도 할 수 있다. 공통의 화제란 것이 없다.

그러니까 그녀는 생각했을 것이다.

먼저 확실한 재미를 제공하는 놀이기구를 모두 함께 즐긴다.

그러면 확실하게 즐겁고, 오전의 체험 자체가 공통의 화제가 된다.

식사할 때도 대화가 잘 통하겠지.

그러니까 놀이 초보자인 일개 고교생이 기획한 이벤트는 나중으로 미루고, 일단 확실한 놀이기구로 노는 거다. 오후에는 나라사카 양이 기획하여 남녀가 섞여 노는 이벤트도 예정되어 있지만.

이건 간단하면서도 어렵다. 자기가 기획한 이벤트는 어떤 놀이보다도 재미있어 보이기 때문이다. 그걸 굳이 뒤로 미룰 수 있다. 다들 너무 신나거나, 예상외의 사태로 시간이 부족해지면 칼 같이 잘라낼 수 있다(예정표에는 그렇게 적혀 있었다).

참가자를 자기보다도 우선하여 생각하지 않으면 못 하는 일이다.

12시가 지나 잠깐 취식 스페이스의 자리가 비자, 우리는 식사를 하기로 했다. 저마다 웃으면서 오전의 이벤트에 대해 이야기하는 모습을 보고 있자니, 나라사카 양의 노림수가 훌륭하게 맞아 들었다고 할 수 있었다.

나로서는 아야세 양이 주변의 여자애들이랑 같이 웃고 있는 게 기뻤다.

식사를 마치고 한숨 돌린 뒤, 우리는 다 함께 얕은 거대 풀에서 놀기로 했다.

때때로 파도가 밀려오는 풀이다. 여름 방학 끄트머리의 평일이기 때문인지, 다소 뭉쳐서 놀고 있어도 주변에 폐가 되지 않을 정도로 파도풀은 비어 있었다.

이 풀은 바다랑 다르게 모래사장에서 비치발리볼을 하거나 성을 쌓는 등의 놀이를 할 수는 없었다.

그래서 모두 같이 논다고 해도 할 수 있는 건 한정되어 있다.

그런 와중에도 즐길 수 있도록, 나라사카 양은 몇 가지 이벤트를 준비해왔다.

"그런고로, 간단하게 놀 수 있는 비트판 오델로를 하겠습니다!"

"네~에!"

다 함께 초등학생처럼 활기차게 대답하는 목소리를 냈다. 다소 평탄하긴 하지만, 아야세 양도 입을 동그랗게 열

고 작은 소리로 말한 것이 재미있었다. 마치 「네～에」 보다
「어～어」라고 말하는 느낌이라고 생각했다.

비트판 오델로. 이 이름이 정식 명칭인지는 모르겠다.
명명자가 나라사카 마아야일지도 모르지만, 룰은 단순한
게임이었다.

사람 수만큼 비트판을 준비한다. 앞면과 뒷면이 판별되
는 타입이면 좋다. 다행히 한 명이 하나씩 빌릴 수 있는 시
설의 비트판이 그런 타입이었다.

그 뒤, 앞면과 뒷면이 반반이 되도록 풀에 띄우고, 두 팀으
로 갈라져서 비트판을 때려 뒤집는다. 그저 그뿐인 경기다.

"가위바위보로 팀 나누자～. 자, 이쪽이 바위 팀, 보자기 팀
은 그쪽."

5 대 5로 팀을 만들었다.

가위바위보의 보자기를 낸 쪽이 「앞면」, 바위가 「뒷면」
팀이다.

나랑 아야세 양은 우연히 같은 팀이 됐다. 나라사카 양
은 적팀.

"이제부터 타이머를 세트할 거야. 제한 시간은 3분! 시
간이 다 됐을 때 뒤집힌 비트판의 앞면 수가 많으면 앞면
팀 승리. 반대라면 뒷면 팀이 승리하는 거야."

"그래."

"알았어～."

"비트판을 끌어안거나, 붙잡는 건 반칙이야. 떠 있는 상 태에서 할 수 있는 건 끄트머리를 두드려서 뒤집는 것뿐! 단, 자기 팀 색이 되어 있는 비트판을 상대가 때리지 못하 게, 이렇게 밀어내는 건 괜찮습니다. 착한 아이 여러분, 규 칙은 다 확인했죠~?"

이렇게, 라고 말하며 나라사카 양은 비트판을 물 위에서 밀어내 훌쩍 멀리 보내는 걸 보여줬다.

"알았어!"

"남자들! 반칙하면 안 돼!"

"안 한다고. 좀 믿~어~라."

타바타 양의 외침에, 그 말을 들은 남학생이 — 이름이 묘진, 이라고 했었지 — 심통을 냈다.

나라사카 양이 방수 케이스에 넣은 스마트폰의 타이머를 세팅하고 시합 시작을 선언하자, 우리는 워터파크 구석에 서 놀기 시작했다.

이거, 해보니 생각보다 어렵다. 애당초 이 게임은, 파도 가 없는 워터파크에서 노는 걸 전제로 한 경기 아닐까? 가 만 놔둬도 비트판이 흘러가 버려서, 판을 붙잡으면 안 된 다는 규칙을 지키려면 누군가가 부지런히 비트판을 밀어 서 필드에 돌려놓을 필요가 있다.

결국, 놀다 보니 판이 떠내려가는 방향에서 대기하며 모 두가 있는 쪽으로 비트판을 밀어내는 역할과 판을 때려서 뒤집는 역할로 자연스럽게 나뉘어 놀았다. 임기응변이란 거지.

3분이 지나자 나라사카 양의 스마트폰에서 경쾌한 멜로디가 흐르기 시작했다.

"자, 스톱! 이제 때리면 안 돼!"

나라사카 양의 호령에 일제히 움직임을 멈추었다.

승패는 6 대 4로 나와 아야세 양의 팀이 이겼다.

승자는 환성을 지르고, 패자는 분함에 물을 두드렸다. 모두 진지하게 싸운 모양인지 숨이 가쁘다.

"좋아, 좋아. 그러면, 한 번 정도 더 하자!"

스마트폰 타이머를 다시 세팅한 나라사카 양이 말했다.

다음에도, 혹은 다음에는 이긴다고 다들 기염을 토했다.

그런데…… 아무도 눈치 못 챈 모양이다. 나라사카 양의 타이머에 세팅된 음원…… 저건 애니메이션 오프닝 곡이잖아. 내가 어째서 그걸 아느냐 하면, 지난 분기에 마루가 추천해서 본 작품이었기 때문이다. 그녀는 애니메이션도 즐겨보는 모양이다. 정말이지, 취미의 폭이 넓은 사람이다.

2회전은 졌다.

나도 아야세 양도 별로 운동을 열심히 하는 타입이 아니니까, 체력이 모자랐다. 다섯 명 중에서 둘이 쓸모가 없다. 그러면 평소에 잘 노는 녀석들과 운동부 사람을 이길 수가 없다.

"그럼, 오늘의 이벤트 타임 종료~! 휴식한 다음에는 자유시간이야! 4시에 철수 시작할 거니까, 그때까지 여기로 돌아와!"

나라사카 양이 말하자, 나는 풀사이드에 주저앉았다.

이것 참······. 평소 안 쓰는 근육을 써서 그런지, 피로가 몰려와 한 걸음도 움직이기 싫다. 이대로 여기 드러눕고 싶은 기분이었다.

한 바퀴 더 돌자면서 활기차게 뛰쳐나간 녀석들을 따라갈 생각도 안 들어서 혼자 축 늘어져 쉬고 있자니, 아야세 양이 다가왔다.

진이 빠져서 늘어져 있는 몸을 일으켰다.

아야세 양이 내 얼굴을 들여다보았다. 조금 걱정하는 표정이었다.

"괜찮아?"

"응. 그냥 지친 거니까 멀쩡해. 하지만 다들 굉장하네. 체력도 있고, 운동신경도 뛰어나."

놀이기구를 돌 때도, 미니게임을 할 때도, 대활약한 것은 평소에도 노는 것에 익숙해 보이는 인싸 남녀들이었다. 나는 애당초 인도어파니까 별로 눈에 띄지 않았다. 뭐, 그건 신경 안 쓰지만.

"하지만······ 아까는, 멋있었어."

"어?"

아야세 양이 예상 밖의 말을 해서 무척 놀랐다.

"아까 미니게임 할 때. 아사무라 군, 흘러가는 비트판을 필드 안으로 되돌려놓는 것만 하고 있었잖아."

"아~."

안 그러면 게임이 성립되질 않으니까. 하지만, 결국 그걸 깨달은 녀석들은 나랑 같은 걸 시작했었다.

그렇게 말하자, 아야세 양은 천천히 고개를 저었다.

"하지만, 아사무라 군이 맨 먼저 깨달았어. 그리고 비트판을 돌려놓을 때, 때려서 뒤집는 역할은 팀의 다른 사람한테 맡겼지. 그게 이 게임에서 제일 재미있는 건데."

그녀의 말을 들은 나는 놀랐다. 그걸 깨달았을 줄은 몰랐다.

흘러들어온 비트판을 돌려놓을 때, 앞면이면 그대로 우리 편 쪽으로 돌려놓으면 된다. 문제는 뒷면이었을 때인데, 때려서 뒤집은 다음 돌려놓는 것이 승패만 따지면 지름길이었다. 그런 게임이니까.

하지만 나는 우리 편이 가까이 있을 경우는 「부탁한다」고 말하며, 비트판을 밀어내기만 했다. 그걸 우리편이 뒤집는다.

왜냐고? 그건 아야세 양 말처럼, 그 액션이 이 게임에서 제일 재미있기 때문이지.

내버려 둬도 파도를 타고 흘러들어오는 비트판을 나만 때리면 그렇잖아. 다들 재미도 없을 거고. 기껏 팀으로 싸우는 거니까.

"아~. 그건 뭐, 눈에 띄는 활약을 했다가 실패할 리스크를 지고 싶지 않은 것뿐이야."

그것도 어떤 의미로 본심이다.

"그래? 뭐 객관적인 사실인지 아닌지는 아무래도 좋고, 내가 주관적으로 칭찬하고 싶은 것뿐이야. 나는, 그걸 멋있다고 생각했으니까. 어시스트에 전념하는 거."

"그게 멋있나?"

"가치 평가의 기준은 사람마다 다르잖아?"

"그건…… 그렇지. 그렇게까지 말해주면 쑥스럽지만."

그렇게 대답하자, 아야세 양은 작게 웃음을 지었다.

집에서 보여주는 드라이한 표정이나 아버지를 대하는 공손한 미소가 아닌, 그거다. 마치 사진 속의 어린 시절 아야세 양과 비슷한, 앳된 미소.

아아, 무리해서 파고들기를 잘했다. 나는 진심으로 생각했다.

그건 그녀를 도왔다는 오만한 마음이 결코 아니다. 그렇게 잘라 말하는 근거도 있었다.

적절한 거리를 유지한 채였다면 절대로 볼 수 없었던 아야세 양의 새로운 얼굴. 이 얼굴을 본 것이, 지금 이 순간은 나뿐이라고 생각하면서 시시한 우월감을 느껴버리니까. 이건 아무리 생각해도 나 자신만을 위한 행동이었다.

"그냥, 그것뿐이야."

그렇게 말하고 아야세 양이 내 옆에서 일어섰다.

나는 그 동작에 이끌려 그녀 쪽으로 고개를 돌려 올려다보았다.

"그러면……."

수영복은 물을 빨아들여서 아직 젖어 있고, 말라 있을 때보다 짙은 색이었다. 노출이 적은 피부에 물방울이 조금 붙어서 빛을 뿌렸다. 그녀가 젖은 머리칼을 한 번 휘두르자 물방울이 흩어졌다.

"조금 더 헤엄치고 올까!"

양손을 깍지 끼고 머리 위에 올려 쭉 뻗는, 가벼운 스트레치의 동작.

"……어라?"

그걸 본 순간, 나는 문득 자각해 버렸다.

어째서일까? 극히 자연스럽게, 갑자기, 어떤 감정이 떠올랐다.

아, 좋아한다.

먼저 나온 말을 따라 생겨난 그 감정에 스스로도 놀랐다.

지금까지 얼마든지 그것을 실감할 기회가 있었을 텐데, 하필이면, 어째서 이런 사소한, 지금까지 몇 번이나 본 적

이 있을 법한 모습에서 그렇게 생각해버린 거지?

그저, 양손을 깍지 끼고 위로 쭉 뻗은 것뿐이다.

그것뿐인데.

고백을 받은 것도, 둘이서 무슨 위기를 헤쳐 나온 것도 아닌데.

누가 누구를 좋아한다거나, 누가 누구에게 고백했다거나— 교실에서 멍하니 있을 때 귀에 들어오던 대화를 남일로 여기고 있었던 그 화제의 당사자가 설마 내가 되다니.

솔직히, 여성은 거북하다.

어렸을 때부터 아버지와 어머니의 모습을 봤으니까, 어차피 결혼해도 행복해질 수 없다고 생각했다. 그래서 남녀관계라는 것에 싸늘한 눈으로 보고 있었다. 입을 다문 채 뭐든지 짐작하지 못하면 화를 내고, 언제나 진지하고 신사적인 모습을 보이지 않으면 안 된다고 비난받고, 그렇다고 상대를 배려하려고 하면 남자답게 강하게 이끌어주지 않느냐고 불만을 토한다. 종국에는 부자에, 그녀 말로는 남자답다는 어딘가의 남자와 바람을 피워서 관계종료.

그것이 나에게는 남녀관계의 시작부터 끝이었다. 그렇기에 나는 지금까지 누군가에게 사랑한다는 감정을 품은 경험이 없었다.

그런데, 왜 지금. 어째서, 하필이면 이 사람을.

자신 안에서 일어난 변화가 리얼한 탓에, 너무 갑작스러워서 당황하고 있었다. 의미를 알 수가 없다.

수많은 사람이 멋지고 고귀한 일이라고 하는, 그 감정. 그것이 이렇게나 간단하게, 펑 하고 땅에서 솟아나는 찰나의 거품 같은 것이었다니.

멀어지는 아야세 양의 등을— 떨어지는 물방울이 평소의 몇 배나 반짝이게 보이는, 그 등을 배웅하면서 나는 생각했다.

그녀는, 여동생이다.

그렇지만, 그녀는 **아야세 양**.

의붓, 여동생이다.

4시가 되어 우리는 철수를 시작했다.

탈의실에서 옷을 갈아입자, 나는 단숨에 몸이 나른하다고 자각했다. 몸이 달아올라, 뜨겁고 목욕을 마친 뒤처럼 무겁다. 학교 수영 수업이 끝났을 때 느꼈던 그 나른함이었다.

출구에 집합한 것은 남자들이 빨랐다. 뭐, 평균적으로 여자들이 머리가 기니까 말리는 시간이 오래 걸린다. 이건 어쩔 수 없다.

5시 정각에 출발하는 버스로, 우리는 워터파크에 작별을 고했다.

올 때와 마찬가지로 버스 30분, 전철 30분. 같은 시간을 공유한 탓인지, 우리는 올 때보다 훨씬 말이 많았다.

해산 지점인 신주쿠에 도착했을 때는 6시가 넘어가 있었다.

개찰구를 빠져나오자, 넓은 차도 너머에 하늘이 보였다.

아직 하늘은 붉은색을 남기고 있지만, 태양은 꽤나 서쪽으로 기울어 버렸다. 저녁 하늘을 좁히는 높은 건물을 보고 있으니, 고층 건축에 둘러싸인 도심지에 돌아왔구나 하고 느꼈다.

"으음~, 잘 놀았다~!"

"그렇게 기운이 남으면 아직 더 놀 수 있겠네, 마아야."

"배고프니까 무리!"

한 여학생의 태클에 나라사카 양이 뜬금없는 대답을 하고, 다 함께 웃었다.

그리고 버스 타는 사람, JR선을 타는 사람, 전철 타는 사람으로 갈라졌다. 자전거인 녀석도 있었다.

나랑 아야세 양은 시부야 역까지 전철로 돌아간다. 역에서부터 나는 자전거고 아야세 양이 도보. 같은 방향이니까 우리는 둘이 같이 돌아가게 됐다.

아무리 그래도 시부야 역에서부터 돌아가는 집까지 같다고는 아무도 생각 못 하겠지.

"그러면, 학교에서 또 보자!"

해산하는 소리와 함께, 우리는 사방으로 흩어지려 했다.

"아. 아사무라, 잠깐 기다리시게!"

"웬 사극 말투야?"

살랑살랑 손짓하는 나라사카 양에게 다가갔다.

"음~. 기왕이면 LINE 등록을 해둘까 해서. 괜찮아?"

그렇게 물어보기에, 나는 반사적으로 아야세 양을 힐끔 살피고 말았다.

그녀는 슥 눈길을 돌렸지만, 딱히 노려보지는 않는다. 아마. 뭐, 동급생이니까 이 정도는 보통이겠지.

"좋아."

LINE을 교환하면서, 나는 잘됐다며 입을 열었다.

"나라사카 양. 예정표 작성 수고했어."

"으응? 거리감 느껴지게. 『마아양』이라고 부르면 돼~."

"아니, 아직 그 정도로 친한 건 아니니까."

"친한 거 아냐?! 같이 워터파크에 가면 이제 절친이라고 해도 되거든!"

그 논리는 이해를 못 하겠다.

"그러고 보니, 스케줄 작성으로 엄청 궁리한 게 느껴졌어. 놀이기구를 먼저 넣어준 덕분에 점심시간에도 말이 통했고. 기껏 여러 가지 생각해온 이벤트 미니게임을 하나밖에 못 한 건 아쉬웠지만."

"아~."

나라사카 양은 긁적긁적 뒷머리를 긁적이면서 살짝 쑥스러운 표정을 지었다.

"응, 뭐. 그야 시간도 부족했으니까~. 어쩔 수 없지."

"하지만, 덕분에 나도 충분히 재미있었어. 고마워."

"어이쿠. 그렇게 과한 칭찬을 해도 아무것도 못 주거든?"

"뭘 바라는 게 아니고. 내가 칭찬하고 싶으니까 하는 거야."

"이야~. 하지만, 기쁘네~. 우하하하. 그런 식으로 생각해주는 건 기대 못 했거든. 하지만 나를 잘 봐주고, 눈치를 채 주는 사람이 있으니까 기쁘네~."

"아아, 그 마음 잘 알지."

—나를 봐주고, 눈치채주는 사람이 있으면 기쁘다.

나에게도 짚이는 구석이 있다.

"그럼, 또 봐! 사키도 또 봐! 나중에 LINE 보낼게~!"

"그래그래."

훌훌 손을 흔드는 두 사람.

나라사카 양은 때때로 돌아보며 손을 흔들고 힘차게 걸어갔다.

"기다렸지?"

"아냐. 그렇게 안 기다렸어."

나랑 아야세 양은 시부야로 돌아가고자 JR선 개찰구를 통과했다.

둘이서 어쩐지 묵묵히 전철에서 흔들렸다.

시부야의 개찰구를 빠져나가, 우리는 자택이 있는 맨션으로 걸었다.

보관소에 맡겨둔 자전거를 회수하고, 그것을 손으로 밀면서 천천히 아야세 양의 옆을 걸었다.

　하늘의 색은 붉은색에서 남색으로 변하고 있었다. 주변의 경치가 흐릿하게 그늘지고 있지만, 건물에 들어온 빛이 길을 비춘다.

　카와타레도키, 혹은 타소가레도키.

　일본어로 적으면 「彼は誰時」와 「誰そ彼時」. 사람의 얼굴을 판별하기 어려워져서, 상대가 누구인지를 물어보지 않으면 누군지 알 수 없어지는 시간대를 가리키는 말이었다.

　오늘날 「카와타레」는 주로 동틀 녘을, 「타소가레」는 저녁을 가리키는 경우가 많다.

　황혼이라고 하는 게 현대에는 알아듣기 쉬울 것이다.

　하지만 나는 사람 같지만, 사람이 아닌 것이 주변을 걸어 다닐 법한 「카와타레」라는 말을 좋아했다.

　그야말로 오우마가도키(逢魔が時)—마(魔)를 만나는(逢) 시간에 걸맞은 말이 아닐까?

　옆에 있는 인간이 정말로 내가 생각하는 그 사람인지, 문득 불안해지는 말이라 현실감이 상실될 것 같아서…….

　"마아야랑 상당히 친해졌네."

　아야세 양의 말에 나는 정신을 차렸다.

　"아아, 그거야 뭐. 놀러 가자고 불러줬으니 감사 인사도 하고 싶었거든."

"고마워."

"어?"

"친구니까. 칭찬해줘서 기뻐."

물론 거리가 가까웠으니 내가 한 말이 들렸을 거다. 딱히 누가 듣는다고 곤란한 이야기를 한 건 아니지만, 묘하게 켕기는 기분이었다.

"그보다도, 그……. 잘 놀았어?"

"응. 덕분에."

그렇게 답하고 나서, 아야세 양은 가볍게 나를 향해 고개를 숙이며 조용히 말했다.

"워터파크에서 헤엄치는 거 좋아하거든. 그러니까, 오랜만에 기분 좋게 헤엄쳐서 즐거웠어. 아사무라 군의 말을 듣길 잘했어."

이어서 살짝 웃음을 지어보였다.

그 표정을 보고, 나는 아까 자신에게 생긴 뭐라 말하기 어려운 감정을 떠올렸다.

옆에서 걷는 소녀에 대해 싹터버린 연애 감정 같은 무언가— 적어도 그녀를 여성으로 보고 매력을 느꼈다는 사실에 나는 고민스럽게 생각했다.

그런 식으로 아야세 양을 보는 것은 기껏 키워온 신뢰를 부수는 행위라고 생각하고, 이런 감정을 털어놓더라도 그녀는 난처할 뿐이겠지.

그렇지만 아야세 양도, 왜인지 모르게 나를 좋게 생각하고 있다는 느낌을 받고 있었다.

나는 어떻게 하는 것이 정답일까?

감정의 미로를 헤매기 시작해 내 말수는 점점 줄어들고, 침묵이 전염되었는지 아야세 양도 입을 다물어 버렸다. 끼리릭 하고 자전거 바퀴가 돌아가는 소리가 울리고, 이상하게 리듬이 잘 맞는 두 사람의 발소리가 겹쳤다.

얼굴을 볼 수가 없다. 땅밖에 못 보겠다. 아야세 양이 지금 어디를 보면서 걷고 있는지도, 나는 이미 알 수 없었다.

심장 고동이 점점 빨라지는 것을 느꼈다.

미인 여자애랑 해 질 녘, 단둘이 걷고 있으니 당연하다고?

아니, 그렇진 않다.

지난달, 나는 심야에 요미우리 선배와 영화관에 갔었다. 그때도 분명히 긴장은 했지만, 확실하게 「아니다」라고 잘라 말할 수 있다. 가까운 시기에 있던 일이기에, 그때와 지금의 차이를 분명하게 느끼고 있었다.

다만, 뭐가 다른지 물어보면…… 이건 상당히 한심한 이야기라 고개를 들 수가 없는데, 전혀 말로 표현할 수가 없다.

다르다는 것만은 본능적으로 이해하고 있는데, 어떤 프로세스로 다른 건지는 해석 불가능의 블랙박스 안에 있었다.

자신의 감정이지만 정말로 영문을 모르겠다.

아스팔트 위를 일정한 간격으로 나아가는 타이어를 바라

보고 있으니, 자전거의 그림자가 점점 짙어졌다.

하늘을 올려다보자, 어느샌가 밤이 찾아왔다. 짧은 황혼이었다고 생각하는 것과 함께, 문득 이런 한 마디가 떠올랐다.

아아, 달이 예쁘네.

"아사무라 군은, 남의 장점을 잘 찾아."

"어?"

갑자기 그 말을 듣고 무심코 옆에 있는 아야세 양을 보았다.

아야세 양도 하늘을 올려다보고 있었다. 아마, 달을 보고 있었을 거라고 생각한다.

그녀는 시선을 나에게 돌렸다.

"마아야 말이야. 아까 칭찬했었잖아."

"아아, 그거."

"아사무라 군은 정말로 남을 잘 보고 있어. 존경스러워."

"그런, 걸까?"

"응. 나는 그렇게 생각해. 남의 고생을 잘 보고 있어. 워터파크에서도 말했는데, 나는 그런 점, 멋있다고 생각해. 좋다고 생각해—."

계속해서 칭찬의 말을 듣자, 내 심장이 점점 더 격렬하게 뛰었다.

그러나 그 직후, 그녀가 이어서 한 말에 나는 문자 그대로 말을 잃었다.

"—오빠."

숨을 삼켰다. 무심코 그녀의 얼굴을 보면서 경직해 버렸
다. 익숙한 그녀의 옆모습이 누군지 모를 낯선 타인처럼
보였다.

오빠.

오빠.

오빠.

아무리 반복을 해봐도 단어의 의미가 바뀔 리 없는데,
몇 번이고 머릿속에서 반추했다.

오빠.

그러니까, 오빠, 라는 거지.

지금까지 결코 그렇게 부르지 않았던 아야세 양이, 왜
이제 와서 그렇게 불렀는지는 모른다.

그러나, 신기할 게 뭐란 말인가? 그녀는 이 세계에서 유
일하게, 나를 그렇게 부르는 게 자연스러운 여자애잖아.

"그게, 갑자기 불러서 놀랐어? 하지만 나를 신경 써주고,
나를 위해서 여러모로 움직여주잖아. 마치 의지가 되는 진
짜 오빠 같다…… 싶어서. 그렇게 생각하면, 이상할까?"

그렇게 말하고 미소를 지으며 고개를 갸웃거리는 아야세

양에게 나는 **내 본심을 대답할 수 없었다.**

"아니…… 기뻐, 아야세 양."

"……아하하. 하지만, 역시 입에 잘 안 붙네."

솔직히, 덕분에 살았다.

기습적으로 「오빠」라고 불린 덕분에, 나는 제정신을 차릴 수 있었다.

대체 무슨 생각을 하고 있었지?

아야세 양의 호의적으로 보이는 태도도, 칭찬의 말도, 어디까지나 「오빠」에 대한 것이다.

그녀는 나를 플랫한 관계를 구축할 수 있는 상대라고 생각해 신뢰해주고 있었다. 예쁜 동거인에게 이상한 기대나 지저분한 욕망을 가지는 일 없이, 서로 편한 관계를 유지할 수 있으니까 지내기 편하다고 생각해준다.

그런데 나란 놈은, 규칙을 깨려고 했다니.

"오늘은 지쳤으니까, 저녁은 간단한 걸 할 건데 괜찮아?"

"……응. 괜찮아."

별 것 아닌 일상대화마저, 지금은 무섭다.

나는 지금 평소처럼 냉정하게 이야기를 하고 있을까?

맨션에 도착했다. 나는 보관소에 간다고 하고, 건물 입구에서 아야세 양과 헤어졌다.

지붕이 달린 사이클 포트에 자전거를 올리고, 자물쇠를 걸어 세우고, 나는 하늘을 보았다.

맨션의 높은 벽에 가로막혀 이제 달은 보이지 않았다.

깊게 숨을 들이쉬고, 마음을 진정시켰다.

아야세 양은 옆에 없다. 만약 뭔가 그녀의 외모나 페로몬 같은 것에 매료되어버린 것뿐이라면, 이렇게 본인이 앞에 없다면 타오르던 불이 꺼질지도 모른다. 그러면 그 연애감정 같은 무언가는 그저 한때의 미망으로 치고 잊을 수 있다.

"안 되네……."

안 된다는 걸 알면서도, 그런 감정을 가지면 안 된다고 이해는 하는데— 내 감정은 아무리 시간이 지나도 진정되지 않았다.

"무슨 낯으로 집에 돌아가야 하는 거지……."

대답해주는 사람은 아무도 없었다.

당연하다.

왜냐면 이건, 누구에게도 들려줄 수 없는 말이니까.

●8월 28일 (금요일)

"망했다……."

늦잠을 잔 게 언제 이후 처음이지?

눈을 뜨자 이미 정오는커녕 여름 강습 시간마저 지나 있었다. 기껏 아버지가 수강료를 내줬는데 땡땡이라니. 완전 불효자다. 아무리 그래도 면목이 없다.

어젯밤에는 전혀 잠들 수가 없었다. 저녁은 함께 먹었지만 식탁에서 대화도 어색했고, 묘한 분위기가 되어 버렸다. 침대에 누운 다음에도 오늘 하루의 일이나 아야세 양에 대한 추억이 눈꺼풀 안쪽에 달라붙어서 눈이 떠졌다.

정말로, 나란 놈은 뭘 하는 거지?

목이 마르다. 일단 뭐라도 마시고 싶어.

꼴사나운 삐친 머리를 한 손으로 더욱 긁적여서 흐트러뜨리고, 세수하는 것도 귀찮아하며 거실로 갔다. 그러자 경쾌한 여성의 목소리가 맞이해 주었다.

"어머. 유우타, 안녕?"

"어라, 아키코 씨? ……그리고, 아버지도?"

"그래. 잘 잤니?"

태블릿 단말로 뭔가(아마도 전자 신문)를 읽고 있던 아버지가, 고개를 들고 가볍게 손을 흔들었다.

아버지와 아키코 씨가 마주 앉은 식탁에는 아이스커피가 두 사람 분량 있었다.

전원이 들어온 TV에서는 스트리밍 서비스로 완성도 높은 해외 드라마가 재생되고 있었다.

그곳에는 온화하고 행복한 시간의 흐름이 있었다.

"유우타?"

"앗. ……죄송해요. 안녕히 주무셨어요?"

잠시 멍하니 서 있는 것을 걱정스럽게 바라보기에, 나는 급하게 아침 인사를 했다.

도망치듯 다이닝 키친에 들어가서, 냉장고를 열고 보리차를 꺼냈다. 컵에 따른 나는 사막에서 물을 발견한 여행자처럼 단숨에 들이켜 버렸다.

냉방이 켜진 집에서 더욱이 차가운 음료수를 마시자 뼛속까지 쨍하게 얼어붙는 것 같아서, 머리가 꽤 맑아졌다.

"왜 두 사람이 집에 있어요?"

"아키코 씨랑 의논했거든. 금요일과 월요일과 화요일을 서로 여름 휴가로 잡아서, 연휴를 맞췄지."

"아아, 그렇구나. 꽤 뒤쪽으로 잡았네."

"사실은 너무 많이 쉬면 상사가 눈총을 주니까 휴가를 안 잡을 생각이었는데 말이지. 꼭 써달라고 해서."

"억지를 부려서 미안해요, 타이치 씨. 오늘이라면 가족 넷이서 느긋하게 보낼 수 있을 것 같아서."

"넷이서, 느긋하게……."

"사키한테 들었어. 어제랑 오늘, 알바 쉰다며?"

그 말이 맞았다.

워터파크 다음 날이 애당초 휴일이라 다행이다.

서점이 터무니없이 바빠지는 금요일에 피로한 상태로 일하는 건 자살행위나 마찬가지니까.

나는 그렇다 치고, 이날을 휴일로 안 잡으면 아야세 양은 체력을 남겨두려고 해서 워터파크를 전력으로 즐길 수가 없을지도 모르니까.

"이 시간이면 유우타는 학원 땡땡이 확정이구나. 하하하."

"혹시 알면서 안 깨웠어?"

"공부다 알바다 너무 성실할 정도잖아. 가끔은 이런 일이 있어도 되거든?"

"미안, 하다고는 말 안 할 거야……."

"우후후. 부모의 어리광이라 치고 용서해주면 좋겠어."

아버지만 그런 게 아니라, 아키코 씨까지 태평하게 말했다.

아침 식사를 만들어주겠다며 다이닝 키친으로 가는 아키코 씨.

프라이팬에 두른 기름이 튀는 소리를 내면서, 내 새로운 어머니는 커다랗고 동그란 눈으로 나를 보았다.

"고마워, 유우타."

"네?"

"사키를 워터파크에 데리고 가준 거."

"아아…… 아뇨. 놀러 가자고 부른 건 아야세 양의 친구니까요."

"하지만, 유우타가 억지로 끌고 가지 않았으면, 걔는 아마 안 갔을 거야."

"……그럴지도 모르겠네요."

"그러니까, 고마워. 유우타가 오빠라서 이렇게 듬직하다니까."

가슴이 크게 뛰었다.

아키코 씨에게는 다른 뜻이 없겠지만 「오빠라서」라는 한마디는, 품어선 안 되는 나의 감정을 탓하는 것처럼 들렸다.

"고교 졸업까지 앞으로 2년도 안 남았으니까. ……걔가 집을 나갈 때까지, 남은 2년. 느긋하게 가족의 시간을 보낼 수 있는 찬스도 이제 얼마 안 남았다고 생각하면 조금 쓸쓸하기도 해."

애절하게 웃는 아키코 씨의 모습에 나는 퍼뜩 정신을 차렸다.

가족 넷이서, 느긋하게.

그런 사소한 바람이, 그녀에게는 더할 나위 없이 소중할 것이다.

그리고 그것은 아버지도 그렇다.

결혼 생활에 실패하여, 가족의 행복이란 것을 거의 경험하지 못했던 남녀. 재혼한 지금, 자연스러운 단란한 나날을 무엇보다도 보물처럼 느끼는 게 당연하다.

만약 내가 아야세 양에 대해 한 명의 여성으로서 연애감정을 품어버린 걸 알면, 두 사람은 어떻게 생각할까?

온갖 일에 시달리고, 싫은 경험을 하고, 드디어 도달한 행복의 땅인데. 두 사람의 안녕을, 내 비상식적이고 제멋대로인 감정의 폭주로 흐트러뜨려도 되는 걸까?

─될 리가 없단 말이지.

친어머니의 얼굴이 뇌리에 떠올랐다. 만신창이가 되도록 일하며 힘쓰는 아버지를 제멋대로인 감정으로 휘둘러대고, 끝끝내 다른 남자를 만들어 도망친 여자의 얼굴. 이성이 작동하지 않는 원숭이나 마찬가지라고, 과거의 나는 그 사람을 지독하게 경멸했다.

딱히 아버지를 깊이 경애하는 건 아니지만, 제멋대로인 연애감정에 휘둘리는 인간이 되는 건 싫었다.

이제 막 싹이 튼 감정에 뚜껑을 덮을 수 있느냐고 물어보면, 그럴 수 있다고 즉답하는 건 거짓말이다.

하지만 이 감정은 분명 내 가슴 속에 품어두고, 긴 시간을 들여 천천히 씻어내는 수밖에 없는 것이다. ……정말로 씻어낼 수 있을까?

여성으로서도, 사람으로서도, 그렇게 매력이 넘치는 그녀를 나는 포기할 수 있을까?

"그러고 보니, 아야세 양은? 아직 방에 있어요?"

"이제 곧 돌아올 거야."

"어디 나갔나 보네요. 희한하네."

"그래, 정말로. 몇 개월 만일까? ……어머나, 말하니까 딱 오는 모양이네."

현관문의 자물쇠가 열리는 소리가 들렸다. 복도를 나아가는 발소리가 이어졌다.

"몇 개월 만? 그건, 무슨 얘기―."

이어지는 말이 목 안으로 쏙 넘어갔다.

아키코 씨에게 물어볼 것도 없이, 대답이 눈앞에 나타났으니까.

"엄마, 새아버지. 다녀왔습니다."

투명하게 여과된 물 같은 목소리로 말하며 거실에 나타난 것은 아야세 사키, 일 것이다.

어쩐지 자신이 없는 이유는, 그녀가 나에게 익숙한 아야세 사키가 아니었기 때문이다.

"어서 오렴, 사키. 어머~, 신선해라!"

"어서 와, 사키! 오오, 분위기가 꽤 바뀌었네."

부모님은 나란히 그렇게 말했다.

그렇다. 그녀는 변해 있었다.

아야세 사키의 무장을 상징하던 그 밀밭 같던 황금색 긴 머리카락이, 깔끔하게 잘려있었다.

등까지 뻗어 있어야 할 머리칼이 지금은 어깨 위 정도까지만 있다. 아주 짧은 미디엄 레이어.

머리칼에 가려지기 어려워진 탓에 귀의 피어스가 전보다도 존재감을 뽐내 마치 송곳니를 드러내며 위협하는 아름다운 뱀처럼 보이기도 했다.

3개월.

그렇다. 그녀와 만난 지 아직 3개월째라는 걸 통감했다.

평범하게 살아가면 당연히 머리 길이가 바뀌고, 체형이나 화장법에도 조금씩 변화가 생기는 법이다.

그러나 나에게, 그것은 처음으로 보게 된 그녀의 커다란 변화였다.

만약 이것이 소설이었다면 등장인물이 어지간히 커다란 결단을 내렸을 때나 중요한 전환점에서만 하는 행위인 탓에, 무심코 「어째서 지금?」이라는 의문을 품게 된다. 분명히 커다란 의미 따위 없겠지만, 그래도 뭔가를 감지한 것 같아서 나는 멋대로 압도되었다.

그리고 마침내 쥐어 짜낸 것은, 아무 특색 없는 극히 평범한 말이었다.

"어서, 와. ……아야세 양."

"다녀왔어. **오빠.**"

확실하게, 그리고 망설임 없이, 부모님 눈앞에서, 아야세 양이 나를 「오빠」라고 불렀다.

"사키…… 너, 지금……."

"사키……!"

부모님이 기뻐하는 목소리가 얇은 막 하나 너머에서 울리는 것처럼 멍하고 흐리게 들렸다.

좀처럼 거리를 좁히려 하지 않고, 드라이한 관계를 구축하기만 했던 남매를 계속 걱정하고 있던 부부가 보기에, 아야세 양의 그 한 마디는 가족으로서 확실한 전진을 예감하게 하는 축복이 틀림없었다.

어째서 갑자기 머리를 자른 걸까?

왜 나를 「오빠」라고 부르게 된 걸까?

말로 하지 않는 이상 변화의 이유를 추측하는 수밖에 없지만, 나는 그녀가 못을 박는 것 같았다.

우리는 남매야.

그런 상대가 아니지? 라고.

참으로 얄궂은 이야기라고 생각했다.

이런 문제야말로, 본심을 털어놓고 간격 조정을 할 수 있다면 정말 편리할 텐데.

본심을 털어놓지 않고 넘어갈 수 있다는 사실에 안도하는 자신이 있으니까.

어떻게 자신의 감정과 타협해갈 것인지, 지금 나는 생각할 시간이 필요하다.

연애 감정을 진정시키고 분명하게 남매의 관계를 유지할 수 있도록.

아야세 양이 눈치 못 채는 사이에, 이 감정을 지울 방법을 찾아야 한다.

그녀의 새로운 헤어스타일에 무심코 반해버릴 것 같은 심정을 꾹 참고서, 나는 남몰래 그렇게 결의했다.

●에필로그 아야세 사키의 일기?

—이건 지난 1주일의 기록이다.

나는 어쩌면 좋을까?

천장을 바라보면서 아까부터 계속 생각하고 있다.

지금…… 4시, 36분.

8월 말의 일출은 5시 조금 넘어서니까, 아직 날이 밝진 않았다.

앞으로 한 시간 반은 침대 안에서 이렇게 잘 수 있다. 어제는 지친 나머지 일찍 잤으니까, 생각보다 훨씬 일찍 눈이 떠지고 말았다.

시야의 구석에서 커튼이 살짝 흔들렸다. 에어컨의 바람이 몸에 닿지 않도록 불고 있어서, 차츰 올라가는 기온을 쾌적하게 유지하고 있었다.

살랑살랑 흔들리는 커튼 틈으로 보이는, 세로로 잘려 보이는 유리창 너머로 새벽 시간 시부야의 하얀 하늘.

하늘은 맑게 개어서, 오늘도 더울 것 같다.

나는 가만히 생각했다.

1개월— 1개월은 간신히 버틸 수 있었다고 생각한다.

그 사람과, 내가 모르는 곳에서 추억이 늘어나는 것이

분해서, 내가 모르는 그를 누군가가 알고 있다는 것이 분해서.

아니지, 분하다는 자각마저 없었다. 그저 마음에 꾸물꾸물 내려 쌓이는 무언가가 있다고 느낀 것뿐이다.

이건 뭐지?

그런 이해하지 못한 내 감정을 깨달은 것이 1개월 전이었다.

질투입니다.

일기에 적었다.

적고 나서 자각했다.

그는 다른 사람에게 언제나 플랫하다.

그래서 귀찮은 성격인 나와 간격 조정을 해준다. 나를 편견 없이 봐준다. 아무에게도 보인 적이 없는 고생이나 노력을 인정해준다. 나를 이해해준다.

그런 그를 나는 더 알고 싶다고 생각했다. 이해하고 싶다고 바랐다.

아사무라 유우타.

나는 그에게 끌리고 있었다.

하지만 엄마랑 새아버지의 행복해 보이는 모습을 보면, 그 행복을 부술 수는 없었다. 아사무라 군도 분명 이런 내 감정을 알면 난처할 거야.

난처하겠지.

그렇게 생각했다. 그래서 알바를 하면서도, 괜히 남 같은 태도를 취하려고 했다.

"아사무라 씨."

이제 막 만난 타인처럼 부를 때마다, 한 걸음씩 그와 멀어지는 것 같았다. 하지만 그러지 않으면 나는 더 욕심을 부려 버릴 거야.

그걸로 1개월은 넘겼다.

무너진 것이 언제였을지 생각해 보고, 아마 그 무렵이었다는 걸 떠올렸다.

아사무라 군이 엄마한테 이상한 설득을 당해서 간단히 넘어갈 뻔했던 아침. 이래 보여도 엄마는 말로 남을 구슬리는 게 정말 능숙하다.

뭐, 그건 됐어. 아사무라 군도 언제나 영리한 건 아닐 거고. 평소에는 더 냉정하다고 생각하는데 말이야.

하지만, 그다음 새아버지의 말은 기습적이었다. 더욱이 엄마까지 이름으로 부르지 않느냔 말을 꺼냈다. 『유우타 오빠』라니.

잠시만요.

부를 수 있을 리 없다. 유우타, 라니. 이름으로 부르다니, 그런 건……. 하지만, 그게 세상에 흔한 남매란 관계일까? 정말로? 세상 모든 여동생은, 오빠를 이름으로 불러? 믿을 수 없어.

그리고, 그 새아버지의 말. 엄마와 사귀기 전에는 「아야세」 씨라고 불렀다니. 왜 그런 말을 하신 거야?

이제부터 나는 아사무라 군에게 「아야세」 양이라고 불릴 때마다, 그걸 떠올려 버릴 거야. 사귀기 전에는, 이라니.

사귄다. 사귀게 된다……. 둘이서 놀러 간다, 거나?

멍하니 그런 생각을 했더니, 아사무라 군이 여름 방학 예정을 물었다.

우회적으로, 친구와 놀 예정이 없느냐고.

그럴 예정은 없어 —반사적으로 이렇게 대답해 버린 것은, 그 전날에 마아야가 워터파크에 가자고 했기 때문이다. 게다가, 「아사무라랑 같이 와」라고 했다. 워터파크, 좋겠다. 아사무라 군이랑 같이 가면 더 좋을 거야, 라고 생각했었다.

마아야의 연락을 받은 뒤부터 계속 그런 생각을 하고 있어서, 수험 공부가 전혀 나아가질 않았다. 미리 세워둔 계획의 절반도 못했다.

깨달은 것이 또 하나 있다. 나는 아사무라 군을 생각하기 시작하면, 계속 그 생각만 하게 된다. 공부가 손에 잡히지 않게 된다.

엄마에게 부담을 주지 않기 위해서 얼른 자립해야 한다고 계속 생각했다. 그걸 위해서는 지금 성적을 유지하는 게 절대적이었다. 아사무라 군 정도로 머리가 좋지 않은 나는 그만큼 시간을 써야 한다.

그렇기에, 철저하게 거절해야 한다고 생각했다.

일부러 그의 방에 찾아가서.

마아야하고는 여름 방학에 놀러 다니는 사이가 아니라고. —믿어줘서 다행이다. 그 이상 추궁해오면 어떡해야 하나 생각했다.

그래도 사실은 들킨 게 아닐까 걱정이었다. 나는 조바심을 내고 있었으니까. 아사무라 군은 눈썰미가 좋아서 여러모로 눈치채는 사람이다.

내가 10분 이상이나 걸려도 발견하지 못한 책을, 순식간에 찾아냈다.

굉장하다고, 생각했다. 손님인 할머니도 참 기뻐했다.

하지만, 그 사람이라면 더 빨리 찾아낼 거라고 말했다.

그 사람— 요미우리 시오리 씨.

그 이상 그 사람을 칭찬하는 말을 듣고 싶지 않았던 나는, 참 마음이 좁은 인간이 아닐까 해서 싫어졌다.

다만— 돌아오는 길. 그런 아사무라 군도 깨닫는 게 서투른 것이 있다는 걸 알고서.

조금 즐거웠다.

다음 날, 거실 에어컨이 망가졌지.

더위에 약한 나는, 그날은 알바 시간까지 계속 방에 틀어박혔다.

내 방의 에어컨을 계속 켜놓고, 헤드폰으로 좋아하는 로우파이 힙합을 재생하며 뒤처진 공부를 열심히 따라잡으려고 했다.

전혀 진행되지 않았지만.

더위가 고비를 넘길 무렵을 재서 집을 나서, 알바 시간까지 카페에 있었다.

유행하는 프라푸치노 반값 할인 쿠폰이 있어서 주문하고 더위를 식히며 독서. 아사무라 군이 추천해준 거다. 시간이 되어 가게에서 나가려고 자리에서 일어서다가, 아사무라 군이 앉아 있는 걸 발견했다.

무심코 말을 걸어버렸다.

테이블을 보니 두 사람 분량의 음료수가 있었다. 누군가와 함께 온 모양인데…….

이야기하고 있는데 체격이 크고 안경을 쓴 남자애가 이쪽으로 걸어오는 게 시야 구석에 보였다. 그것이 스이세이 고등학교에 다니는 아사무라 군과 친한 남자애라는 걸 알고 있었으니까, 거기서 억지로 대화를 끊고 그 자리에서 물러났다.

학교에서 남남 행세를 하고 있는데, 여기서 일부러 밝힐 이유도 없으니까.

하지만 그렇구나. 두 사람 분량의 음료수 상대는 그였구나.

조금 안심했다.

그러고 나서 알바를 할 때, 근무자가 나와 아사무라 군과 요미우리 씨— 그리고 정사원이 한 명뿐이었다.

요미우리 씨는 만날 때마다 나를 칭찬해준다. 일을 빨리 배운다, 뛰어난 인재다. 그것이 진심에서 나온 말이라는 걸 아니까 난처하다. 좋은 선배인걸.

어른스럽고, 미인이고, 그러면서 친해지기 쉽다. 잘 챙겨주기도 한다.

이런 여성이 아사무라 군 곁에 계속 있었다고 생각하면…….

그날 밤. 그 일이 있었다.

돌아오는 길에, 아사무라 군이 물었다.

마아야가, 아사무라 군과 나 두 사람을 워터파크에 부르지 않았어? 라고.

심장이 크게 뛰었다.

아사무라 군이 어째서 그걸 아는 걸까?

그때의 내 대답은 떠올리고 싶지도 않아.

너무나도 수상한 대응을 해버렸다.

한순간, 마아야가 직접 아사무라 군에게 연락한 건지 캐물었다. 냉정하게 생각하면 마아야와 아사무라 군에게 그런 접점이 있을 리 없다는 걸 바로 깨달았을 텐데.

아사무라 군은 워터파크에 가고 싶은 걸까?

만약 가고 싶은 거라면, 내가 멋대로 거절한 걸 알고 미워하지 않을까? 여름 방학에 워터파크에 가서 논다. ─나도 가고 싶다. 벌써 몇 년이나 워터파크에 간 적이 없다.

하지만…….

안 그래도 공부에 진전이 없는데, 놀러 갈 여유 따위…….

그렇게 생각한 건 분명하다.

"그렇구나. 그러면 억지로 참가 안 해도 되지 않을까?"(왜냐면, 나는 놀러 가면 안 되는걸.)

"안 가."(못 가.)

다중음성처럼 흘러드는 마음의 목소리가 눈처럼 쌓여 얼음처럼 굳어졌다…….

내 마음은 이미 한계였다고 생각한다.

다음 날 아침, 나는 아사무라 군과 마주치기 싫어서 일찍 일어났다.

그가 일어나기 전에 아침 식사를 만들고, 얼른 내 방에 틀어박혔다. LINE으로 식사를 준비했다는 것만 전하면 문제없을 거야.

그는 간소한 감사의 대답을 보냈다. 이모티콘 하나 보내지 않는 건 나도 그러지 않기 때문일까? 그는 간격 조정을 잘하는 사람이니까 언제나 나한테 맞춰준다.

하지만, 진짜 그는 어떨까?

어쩌면 다른 애들이랑 마찬가지로 재밌는 이모티콘을 보내는 사람인 걸까? 그렇다면, 나한테 맞춰주지 않아도 되는데.

다른 애— 요미우리 시오리 씨라거나?

—그런 걸 생각했기 때문이리라. 노크 소리를 깨닫는 게 조금 늦었다.

나는 황급히 헤드폰을 벗고 문을 살짝 열었다.

문 너머에 서 있는 것은 예상대로 아사무라 군이었다. 그는 내 모습을 보더니 다시 워터파크 이야기를 꺼냈다.

밀어내는 것처럼 말을 해버린 것은, 그 이상 듣고 싶지 않았기 때문이다. 그런데 아사무라 군이 그날은 이상하게 조금 강경했다.

마아야의 연락처를 물어왔다.

어째서, 말해버린 걸까?

내 목에서 나온 거라고는 믿을 수 없는, 거절의 말.

싫어.

어린애처럼 말했다.

아사무라 군의 놀란 표정을 보고, 나는 한순간 핏기가 가셨다. 나한테 그럴 권리 따위 없다는 걸 깨달았으니까.

어떻게든 내 마음을 진정시켰다.

물어보고 싶다는 그의 주장은 옳다. 마아야가 놀러 가자고 부른 건 그니까. 내가 일방적으로 거절해도 될 일이 아니다. 그렇다고 친구의 연락처를 멋대로 가르쳐주는 것도 해선 안 되는 일이라고 생각했다. 그렇게 말하자, 그때는 물러나 주었다.

나는 아사무라 군에게 연락처를 가르쳐줘도 될지 마아야에게 물어봐야 한다.

하지만, 그 애는 지금 여행 중이라고 했었지.

재미있게 노는 와중에 전화하거나 메시지를 보내면 폐가 되지 않을까?

완전히 변명이라는 건 알고 있지만.

이날은 정말로 최악이었다. 아사무라 군이 일부러 이러는 게 아닌가 싶을 만큼, 내 마음을 뒤흔드는 짓만 한다. 알바 시간에 요미우리 선배랑 둘이서 출근한 것이다.

뭐가 싫은가 하면, 싫다고 생각하고 마는 자신의 사고와 마주해야 하는 것이 싫었다.

아사무라 군이 누구와 뭘 하든 그의 자유인데.

길고 예쁜 검은 머리칼. 조신한 여성의 상징 같은 그것은 내 눈에도 근사하고, 아사무라 군의 소박한 분위기에 참 잘 어울렸다.

어쩌면 아사무라 군도, 이렇게 길고 예쁜 머리칼을 좋아하는 걸까?

나도 머리 길이라면, 꽤 긴데.

……무슨 생각을 하는 거지? 정말로, 바보 같아.

그날은 이제 아사무라 군과 마주치는 게 무서워서, 알바가 끝난 다음 쇼핑을 해야 한다는 말을 남기고 혼자 얼른 돌아가기로 했다.

그리고 쇼핑을 마치고 집에 돌아가자, 주방에 아사무라 군이 서 있었다.

그제야 내가 저녁 준비를 안 하고 나갔던 걸 깨달았다.

어쩐지 모르게 풀이 죽은 것 같은 뒷모습이었다. 그리고 내 귀가를 깨닫고 돌아본 그는, 어째서인지 얼려둔 밥 팩을 들고 당황한 표정을 지었다.

멍하니 밥을 들고 서 있는 그의 모습을 봤더니, 키득 웃음이 났다…….

아사무라 군은, 요리에 관해서는 요즘 남자애라고 생각하기 어려울 정도로 아무것도 모른다.

아마, 그건 그의 어머니 탓일 거야.

아사무라 군을 통해 듣기로 새아버지가 혼자가 된 뒤부터, 그는 수제 요리를 피하고 있던 낌새가 보였다. 배우지 않은 게 아니고, 배우기 싫었던 게 아닐까? 오늘날에는 얼마든지 배울 기회가 있는걸.

그런데도 그는 열심히 배우려고 한다.

저녁 식사 준비를 할 때는 즐거웠다.

아사무라 군은 언제나 도와준다. 함께 요리하는 기분이 들었다.

그렇지만 식사를 마친 그는 또 그 말을 했다.

한숨을 한 번 내쉬고서.

워터파크 건 말인데, 라고.

그 한숨은 뭘까? 어쩐지 짜증이 난 걸 기억한다.

나는 더 이상 참을 수가 없어서 스마트폰을 집어 마아야의 연락처를 찾으려 했다.

아직 마아야에게 아무 말도 안 했는데.

그런데 아사무라 군은 그런 나를 말리고 말했다. 마아야의 연락처는 아무래도 좋다고.

그러긴커녕, 그가 말한 것은— 내가, 워터파크에 놀러 갔으면 좋겠다는 것이었다.

영문을 모르겠어.

왜 그가 그런 걸 신경 쓰는 걸까.

그렇게 말했다.

그러자 그는 말했다. 내가 걱정된다고. 조금 더 여유를 가져달라고. 더 노는 게 좋다고.

하지만, 나는 공부를 해야 한다. 놀고 있을 수 없어.

안 그러면…… 나는 분명히 구제불능이 되고 말 거야.

그날은 심야 1시를 넘어서도 2시를 넘어서도 생각에 빠져서 공부할 수가 없었다. 포기하고 침대에 들어가서도 머릿속에 아사무라 군의 말이 빙글빙글 맴돌았다.

아사무라 군은 왜 그런 말을 한 걸까?

6월에 엄마랑 함께 이 집에 들어온 뒤로, 이제 2개월이 된다. 그동안 일어난 일을 떠올리고, 생각하고, 그리고 또 그의 말을 떠올렸다.

불을 끄자, 오히려 어둠 속에서 추억이 신기루처럼 떠올랐다.

커튼 틈으로 보이는 하늘이 하얗게 될 무렵에, 마침내 나는 잠들었다.

눈꺼풀 뒤에 보인 것은, 한숨을 쉬는 아사무라 군의 표정과—

그것에 겹치듯 보이는 엄마의 얼굴.

아아, 그 표정. 나는 알고 있다.

중학교 때, 엄마가 딱 한 번 바다에 가자고 한 적이 있었다. 그때 우리 집의 경제적 상황을 생각하면 도저히 그럴 여유가 있는 것처럼 안 보였고, 엄마가 무리해서 휴가를 내는 게 싫었다. 나는 공부를 해야 한다는 핑계로 거절했다.

그때의 표정이다. 조금 난처한 표정.

엄마를 위해서 참은 거였는데, 엄마를 난처하게 만들어 버렸다. 하지만 나는 어째서 엄마가 그런 표정을 짓는 건지 도무지 알 수 없었다.

기절하듯 잠들어버렸다.

눈을 감았다고 생각했더니, 눈이 떠졌다—.

느릿느릿 옷을 갈아입는 동안, 사고가 멈춰있는 걸 깨달았다. 어라? 나 무슨 고민을 했었지?

아~. ……뭐, 됐어.

아무 생각도 할 수가 없어서 멍하니 옷을 갈아입고 거실에 갔더니, 아사무라 군이 벌써 깨어 있었다. 이렇게 일찍 일어나다니 희한하네. 그렇게 생각하고 시계를 봤더니 터무니없는 시간.

비틀거리면서 주방에 서려는 나를, 아사무라 군이 식사 준비는 자기가 할거라면서 말렸다.

그럴 수는 없다.

이건 내 실수다. 단순한 수면 부족으로 계약에 반하는 일은 할 수 없다.

그렇지만, 아사무라 군은 마치 어린애를 타이르듯 나를 달랬다.

결국 잠이 덜 깬 내 머리로는 반론도 할 수 없어서, 얌전히 그의 말에 따라 자리에 앉아 식사 준비를 그에게 맡겨버렸다.

그가 건넨 구운 토스트에 버터를 발라, 조금 탄 얇게 썬 햄을 올렸다.

빵의 냄새와 고기가 타는 냄새를 맡았더니, 배가 작게 꼬르륵 울렸다. 싫다. 혹시 들었나 싶어 조금 초조했다. 공복이라는 걸 지금 처음으로 깨달은 기분이었다.

아사무라 군이 자리에 앉을 때까지 기다렸더니, 문득 그가 이런 질문을 했다.

"핫밀크, 마실래?"

……그런 너무나도 이상한 질문.

멍한 머리로 왜 더운 여름 아침에 나만 핫밀크냐고 물었다. 그러자 한숨 더 잘 거면, 그게 더 좋을 거라고 답했다.

그렇구나. 그러면, 이 우유는 일부러 나를 위해 데워주는 거구나.

토스트를 얌전히 깨무는 사이에, 몸이 눈을 뜨기 시작했다.

다 먹고서, 아사무라 군이 데워준 우유를 홀짝이며 조금씩 마셨다.

아아, 따뜻해.

에어컨의 시원한 바람을 맞으면서도 몸 안쪽은 따끈따끈하다.

후우, 숨을 내쉬자 어쩐지 가벼워졌다. 몸도, 머리도.

"계속 생각 했어……."

뭐, 좋아.

"……워터파크, 가려고 해."

소리 내어 말하자, 마음속에 놓여있던 짐 더미가 사라진 것 같았다.

다만, 한 가지 문제가 있다.

마아야가 말한 워터파크 가는 날에는, 나도 아사무라 군도 알바 근무가 잡혀 있었다.

2시간 정도 자고서 알바를 하러 갔다.

아사무라 군이 근무 교대를 점장님에게 부탁하려고 일찍 가게에 간다고 하기에, 당연히 나도 옆에서 부탁하기로 했다. 그렇게 말하자, 그는 알바하는 서점까지 같이 가겠다고 말했다. 자전거를 밀면서, 걸어가는 나와 맞춰주었다.

집에서 엄마를 돕는 것 정도밖에 사회경험이 없는 나는, 애당초 한 번 정해진 근무를 부탁해서 교대할 수 있는 건지 불안했다.

그런 나에게 아사무라 군이 길을 가면서 교섭하는 방법을 가르쳐 주었다.

그 덕분일까? 이야기가 잘 풀렸다고 생각한다. 근무 교대를 허가받고, 점장님 앞에서 둘이 나란히 고개를 숙였다.

새삼 아사무라 군은 굉장하다고 생각했다.

나라면 못할 것 같다.

그는 자신이 생각하는 것 이상으로 타인과 커뮤니케이션을 잘하는 게 아닐까?

그렇게 말하자, 너무 과대평가라며 겸손해했다. 성실하게 접하는 것이 요구되는 자리니까, 대화가 쉬운 것뿐이라고.

그래서 명석한 커뮤니케이션을 구축하기 쉽다고.

그 말을 듣고, 문득 이해했다.

그러니까 이건, 「간격 조정」이구나.

그렇게 생각하자, 굉장히 납득이 됐다. 교섭이라는 건 자기 억지를 밀어붙이는 게 아니라 쌍방의 사정을 간격 조정해서 타협점을 정하는 거구나.

내 사정에 맞추려고 하는 거니까, 상대방의 사정도 들어봐야 한다. 천칭에 올릴 무게추가 동등해야 한다.

그걸 넘어서 조금 상대 쪽으로 기울더라도 나는 문제 없었다.

기브 & 테이크에서 기브는 넉넉하게. 언제나 그렇게 생각하니까. 다시 말해서 상대 쪽에 조금 기우는 정도라도 나에겐 아무런 문제가 없었다.

그걸로 괜찮다면, 나도 아사무라 군처럼 할 수 있을지도 모른다.

근무 교대가 인정됐을 때, 점장님이 그만큼 일을 잘 하라고 했다.

그 정도라면, 나는 충분히 열심히 할 자신이 있었다.

허가를 받은 즉시, 마아야에게 LINE으로 연락했다.

나랑 아사무라 군이 참가한다고.

마아야가 1분도 안 지나 「해냈다~!」하고 고양이가 신난 포즈를 취하는 이모티콘을 보내서, 쓴웃음을 지었더니 곧바로 와르르 장문의 메시지가 왔다.

타이틀란에 이런 식으로 적혀 있었다.

『여름의 추억을 만드는 예정표』

……여행 중에 이런 걸 만든 거야, 마아야?

뭐, 됐어.

그리고 다음 날 아침. 다시 말해서 어제 아침의 일이다.

아사무라 군은 수영 수업 때 쓰는 수영복밖에 없어서, 아무래도 그걸 입는 건 망설여지는 모양이다. 알바가 끝나고 수영복을 사러 간다고 했다.

나는 어쩌지? 사실 수영복은 있었다. 스이세이 고등학교 지정 수영복을 사러 갔을 때, 귀여운 수영복이 세일해서 엄청 싼 걸 발견했다.

고등학교에 들어갈 무렵에는 우리 집의 경제 상황이 상당히 개선돼서(안 그랬다면 스이세이 고등학교는 도저히 다닐 수 없었을 거야), 조금은 돈이 있었던 나는 너무나도 저렴한 나머지 그걸 사고 말았다.

1학년 여름을 맞이하기 전이니까, 1년도 넘은 일이다.

하지만…… 한 번도 그걸 입고 헤엄친 적이 없다.

어제 마아야의 메시지를 받고 나서 시험 삼아 입어봤다.

하지만 조금 작았고, 무늬가 좀…… 지금의 나한테는 안 맞는 것 같았다.

그래서 일하기 전까지 인터넷으로 새로운 수영복을 이것 저것 찾아봤다. 지금은 알바도 하고 있으니까 한 벌 정도 는 살 수 있다.

알바가 끝나고서, 아사무라 군에게 수영복을 사러 어디 갈 건지 물어봤다.

그가 대답한 백화점에 내가 노리고 있는 브랜드의 매장 도 있기에, 함께 사러 가고 싶다고 했다.

백화점 매장에 도착했을 때 문득, 아사무라 군이 어떤 수영복을 고르는 걸까? 이런 생각을 해버렸다. 황급히 고 개를 흔들어 그 생각을 떨쳐냈다.

생각해서 어쩌려고? 설마 그가 수영복 고르는 데 따라갈 것도 아닌데.

갈 수 있을 리 없다.

그가 탄 에스컬레이터는 그대로 위층에 올라갔다.

내가 조바심 내는 걸 깨닫지 못했다면 좋을 텐데. 그는 태연했고, 나만 혼자서 가슴 졸이고 있다. 치사해. —그렇 게 생각했다.

그리고 오늘이다.

즐거웠다. 즐거웠다. 즐거웠다!

오랜만에 워터파크!

놀이기구도 잔뜩 있고, 엄청 헤엄쳤다!

참가한 사람 중에 몇 명인가는 말을 나눈 적도 있었고, 기억하는 얼굴도 있었지만, 애당초 나는 그렇게 친구들 사귀는 게 특기가 아니다.

분위기를 읽는 것도 서투르고, 분위기를 읽으라고 압력을 받는 것도 좋아하지 않는다.

하지만, 오늘은 그렇게 괴롭지 않았다.

아사무라 군이 있어 준 덕분일 거야.

그도 나와 마찬가지로 그다지 마아야의 농담에 어울려주지 않지만, 나보다는 잘 상대해 준다. 그는 하려고 하면 할 수 있었다.

하지만, 싫은 건 싫다고 확실히 말한다.

나는 그런 부분에 끌린 거야.

신주쿠 역에서 해산했다.

헤어질 때 마아야가 아사무라 군을 불러 세웠다.

LINE 교환을 하자고 마아야가 조르고, 어째서인지 아사무라 군은 나를 힐끔 보았다.

무심코 눈길을 피해버렸다.

어째서 그는 나를 본 걸까? 멋대로 LINE 교환이든 뭐든 하면 되잖아.

그런 건 아사무라 군의 자유잖아.

시선을 되돌렸을 때는 이미 ID 교환을 끝내고 아사무라 군이 마아야를 격려하고 있었다.

그것을 듣고, 나는 마아야가 대단히 신중하게 계획을 짰다는 걸 깨달았다.

나라사카 마아야란 인물은, 참으로 커다란 마음을 지녔다고 새삼 생각했다. 몸집은 작지만.

그녀는 인간을 좋아하는구나. 그렇게 느꼈다.

교우관계가 대단히 넓고, 마치 사람의 다양성 그 자체를 사랑하는 것 같았다.

반면, 나는 글렀다. 가리는 게 너무 격렬하다. 싫다고 느낀 순간에 내 스위치는 뚝 꺼져버려서, 커뮤니케이션 회로를 닫아 버린다.

오늘 같이 논 사람 중에 몇 명과 다음에도 놀러 갈까 생각을 해보니, 그렇게까지 긍정적이지 않은 자신이 싫어진다. 어쩜 이렇게 마음이 좁은 걸까.

내가 이런 놀이 장소에 오는 걸 싫어하는 것은, 그런 자신의 좁은 마음을 간파당하는 게 아닐까 두렵기 때문이다.

그걸로 상대를 불쾌하게 만들기 싫다. 그런 건 페어하지 않다. 상대가 나쁜 게 아니다. 내가 받아들일 수 없는 것뿐이다.

그렇기에, 아사무라 군을 보면 굉장하다고 생각한다.

그는 마아야가 준비한 미니게임을 하며 놀 때, 자신이 눈에 띄는 것보다 게임을 모두가 즐기도록 하는 것만 생각했다. 그는 다른 사람의 고생을 알고자 하는 사람이다.

멋있다고 생각했다.

아무도 눈치 못 챈 것 같지만.

나만 깨달은 걸까? 어쩐지 조금 자랑스럽게 느껴서.

무서워졌다.

돌아오는 길.

아사무라 군과 둘이서 걸으며.

이미 저녁이 되어, 이제 옆을 걷는 그의 얼굴도 안 보이게 됐다.

아마, 그도 내 얼굴은 안 보인다.

지금, 말해야 한다고 생각했다.

나는 그가 눈부시게 보였다. 멋있게 보이고 있었다.

그러니까—.

오빠.

그렇게 소리 내어 확실하게 말했다.

심장이 끝도 없이 빠르게 뛰었다.

손가락 끝이 떨리는 걸 눈치 못 채야 한다.

맞아. 나는 스스로에게 들려줘야 한다. 우리는 남매라고.

그렇지만 부자연스럽게 거리를 벌리면, 좋은 오빠가 되려고 해주는 그에게 상처를 주고 마니까, 적당한 거리를 유지해야 한다.

집에 돌아와 거실에서 저녁 식사를 했다.

맛있어 먹어주는 아사무라 군의 얼굴을 보자, 엄마가 어째서 늘 나한테 식사를 준비해주려고 하는지 알 것 같았다.

아사무라 군이 데워준 핫밀크를 마셨을 때, 나도 이런 표정을 짓고 있었을까?

하지만, 이건 어디까지나 여동생의 행복이다. 나는 자신에게 말했다.

이 감정을 들키지 않도록, 주의해서 말을 골랐다.

"된장국, 더 먹을래?"

그 말에 아사무라 군의 대답.

"아니, 괜찮아. 맛있었어. ……고마워, 아야세 양."

그렇게 말한 그에게서 시선을 느끼고, 나는 위험하다고 생각해 버렸다.

된장국의 맛 얘기가 아니다.

자의식과잉일지도 모른다. 그냥 내 바람에 지나지 않는, 안타까운 망상일지도 모른다.

그렇지만 어쩐지 아사무라 군의 눈에서, 나를 한 명의 여자애로 보는 것 같은 감정을 느끼고 말았다.

……미안해, 아사무라 군. 아마 이건 내 마음이 반사된 거겠지. 당신은 분명히 그런 식으로 잘못을 저지르는 사람이 아닐 텐데.

하지만, 만약에.

아사무라 군이 나를 좋아해 주고, 그 마음을 말해준다면, 나는 어떻게 되는 걸까?

그 마음을, 올바르게 거절할 수 있을까?

무섭다.

내가 일방적으로 망가진 것뿐이라면, 꾸물꾸물한 감정을 가둬둔 채 영원히 못 본 척할 수 있다.

그렇지만 그가 한 걸음 앞으로 나서버리면, 나는 분명 버티지 못할 것이다. 완전히, 무너지고 만다.

이튿날. 머리맡의 시계가 작은 전자음을 냈다.

일어날 시간이다.

거실에 엄마랑 새아버지가 있다.

오늘은 휴가를 내신 모양이다. 일가족 네 명이서 느긋하게 단란한 시간을 즐길 찬스라고 했다.

그렇게 말하고 웃는 엄마의 얼굴은, 지금까지 본 중에서 가장 행복해 보였다.

다행이야. 이제 그 무렵 같은 일은 겪지 않아도 된다. 지금까지 괴로웠던 만큼, 잔뜩 행복해졌으면 좋겠다.

그러니까.

나는— 내 마음을 봉인할게.

엄마랑 새아버지의 행복을 부수고 싶지 않다. 아사무라 군을 난처하게 만들고 싶지 않다.

부디, 이 감정이 들키지 않기를.

머리를 자르자.

그렇게 정하고, 곧장 실행했다.

요미우리 시오리 씨— 그 사람 같은 길고 예쁜 머리칼이, 이른바 하나의 여성스러움이고, 분명히 아사무라 군이 끌리는 요소 중 하나다.

이것만으로 뭔가 해결되는 게 아니란 건 알고 있었다. 그렇지만 조금이라도 관계가 부서질 가능성을 제거하기 위해서도, 할 수 있는 걸 전부 해야 한다.

정말이지. 기가 막힌다.

그렇게 부정해온 여성스러움, 남성스러움 같은 스테레오타입에 나 자신이 가장 휘둘리고 있다니, 얄궂은 일이네.

머리를 자르고, 집으로 돌아왔다.

책상 서랍에서 일기를 꺼내, 지금까지 쓴 분량을 다시 읽었다.

내가, 생각보다도 솔직하게 일기를 쓰고 있었다는 걸 깨달았다.

문장 하나하나마다, 이렇게나—.

그에게 끌리고 있는 자신의 감정이 그대로 적혀 있었다.

그렇지만, 지난 1주일의 기록은 문장으로 남기지 않았다.

그래. 이번 주의 내 일기는 내 머릿속에만 존재한다.

어째서? ……간단하다.

만에 하나라도 이걸 아사무라 군이 읽어 버리게 되면 안 되니까.

나는 자신의 일기를 적는 것의 위험성을 깨달았다. 문장으로 남겨 버리면, 어떤 실수로 그의 눈에 띌지도 모른다.

처분하자. 그리고, 두 번 다시 내 감정을 적어서 남기지 않아야지. 추억을 돌아보는 건, 머릿속에서만 한다.

같은 나이의, 여자애로서의 감정은 반드시 숨겨야 해. 내가 보내야 할 생활은, 그가 나를 여자애로서 대하는 것이 아니라, 어디까지나 여동생— 의붓 여동생으로서 접하는 생활이다.

이 의매생활에, 이제 일기는 필요 없어.
<small>의붓 여동생</small>

■ 작가 후기

소설판 「의매생활」 제3권을 구입해 주셔서 정말 감사합니다. YouTube판의 원작 & 소설 작가인 미카와 고스트입니다. 이번에는 아사무라 유우타와 아야세 사키, 서로서로 적절한 거리를 유지하려고 했던 두 사람의 마음에 커다란 변화가 생기는 중요한 이야기였습니다. 사전에 읽은 담당 편집자와 동영상판 직원들이 「갓 에피소드!」라고 보증을 해주셨습니다만, 어떠셨나요? 독자 여러분에게도 같은 평가를 받을 수 있다면 더 기쁜 일이 없겠습니다.

그리고, 이미 본편을 읽은 분은 아실 거라고 생각합니다만, 이번에는 「의매생활」이라는 타이틀에 담긴 또 하나의 의미가 밝혀졌습니다. 이제부터 이야기의 전개가 한 단계 시프트 체인지됩니다. 물론 하루씩 꼼꼼하게 두 사람의 생활을 그린다는 콘셉트는 변하지 않습니다만, 그들의 관계는 이미 그대로일 수가 없지요……. 본편 라스트의 한 문장이, 그것을 시사하고 있습니다.

자연스럽게 등장한 낯선 인물들도 이후 전개에 확실히 관여하게 되니, 어떻게 얽히게 될지 앞으로도 기대해 주세요. 두 사람의 관계가 나아가는 길을 앞으로도 계속 지켜 봐 주시면 좋겠습니다.

　감사 인사입니다.

　일러스트의 Hiten 씨, 언제나 멋진 일러스트 고맙습니 다. 작중의 장면을 최고의 형태로 표현해주셔서 감사할 따 름입니다. 이번에는 특히 표지를 좋아해서, 밤길의 두 사 람이 대화하면서 걷는 이 모습은 신기하게 노스탤지어를 자극합니다. 물론 이런 청춘의 풍경 따위 저의 기억 속에 있을 리 없지만, 이 한 장을 본 순간에 제 뇌세포가 존재하 지 않는 기억을 날조했습니다. 작중에서 해당 장면이 가진 의미도 어우러져서, 최고의 한 장이라고 생각합니다. 앞으 로도 잘 부탁드립니다.

　아야세 사키 역의 나카시마 유키 씨, 아사무라 유우타 역의 아마사키 코헤이 씨, 나라사카 마아야 역의 스즈키 아유 씨, 마루 토모카즈 역의 하마노 다이키 씨, 요미우리 시오리 역의 스즈키 미노리 씨. 언제나 멋진 연기 감사합 니다. 동영상판에서 그들에게 생명을 불어 넣어주신 덕분 에, 소설을 집필할 때도 보다 선명하게 인물의 모습을 그 려낼 수 있었습니다.

　그리고 동영상 디렉터인 오치아이 유우스케 씨를 비롯한 YouTube판의 직원 여러분, 모든 관계자 여러분. 언제나 정말 감사합니다. 덕분에 「의매생활」은 수많은 독자 여러분, 채널 시청자들이 지탱해주셔서 커다란 컨텐츠로 성장하고 있습니다. 이게 모두 연관되어 주신 분들 모두가 최고의 일을 해주신 결과입니다. 정말 고마워요.

마지막으로, 역시 누가 뭐래도 독자 여러분 & 동영상 팬 여러분. 응원해주셔서, 지탱해주셔서, 정말 감사합니다. 앞으로도 지지해주시는 보람이 있는 컨텐츠가 될 수 있도록 노력할 테니, 「의매생활」을 앞으로도 잘 부탁드립니다.

—이상, 미카와 고스트였습니다.

■ 역자 후기

　당신이 이 글을 볼 때쯤이면 나는 이미 다음 마감을 향해 달리고 있겠지.

　우선 안녕하세요? 라고 말하고 싶다. 불초역자입니다.

　여전히 라이브한 소음을 배경 삼아 작업을 하고 있습니다. 두루두루 보다 보니까 대부분의 시간대에 방송들이 있어서 소스가 떨어지지 않습니다. 참 좋아요. 그런데 가끔 넌 대체 언제 자는 거냐 싶은 사람도 있긴 해요. 좀 자라. 난 너희들을 건강하게 오래오래 보고 싶다고. 요즘 육체적/정신적 건강 문제로 휴식을 하는 친구들 보면 참 안타까워요. 내가 돈이 넘치면 몸이 망가지지 않도록 돕는 책상 의자 같은 것도 만들어 볼 텐데. 로또 당첨되고 싶다.

　그건 그렇고, 이번 권 내용을 보고 있자니 역자는 아련한 과거의 추억이 떠올랐습니다.

　수영장은 아니지만, 역자도 한때는 활동적으로 놀러 다녔던 시기가 있었거든요. 혼자서. 비수기 평일에 남자 혼자서 유유자적하게 놀이공원에 갔었죠!

솔직히 엄청 좋았어요.

거기 당신, 동정하지 마. 정말 재밌었다고.

정말이라니까요. 놀이공원에 가는 이유가 뭡니까? 놀이기구 타는 거잖아요? 그런데 성수기, 휴일, 일행들. 다 거추장스러울 뿐입니다. 남자라면 비수기 평일 오전에 혼자서 과감하게 가는 겁니다! 놀이공원을 혼자서 가면 뭐가 재밌냐? 이렇게 말씀하시는 분들이 있겠죠. 이해합니다. 하지만 1시간 줄 서서 기다린 끝에 3분 타던 롤러코스터를 30초 줄서서 1시간 내내 20번쯤 타보면 생각이 바뀌게 되죠.

무엇보다 역자는 효율 중시 타입이거든요. 자유이용권 너무 비싸요. 자유이용권을 끊었는데 몇 개 타지도 못하면 돈 아깝단 말이죠. 그렇다고 입장권만 끊고 들어가서 딸랑 몇 개 따로 티켓을 사서 타면 그것도 가성비가 영 안 좋습니다.

그러나 비수기 평일, 외로운 늑대가 되어 놀이기구를 전부 섭렵할 기세로 타고 나면 돌아가는 길에 자유이용권을 보면서 그렇게 뿌듯할 수가 없어요.

자, 여러분들도 츄라이츄라이~. 제가 이 귀한 걸 알려드리는 거라니까요. 줄 서서 한참을 기다리지 않아도 된다는 쾌적함. 놀이기구 자체의 재미. 그리고 비싼 자유이용권을 끊고서도 본전을 확실하게 뽑았다는 만족감. 이것들이 삼

위일체를 이루면서 스트레스를 날려줄 겁니다.

친구가 없어서 놀이공원에 못 간다? 놀러 다니지 못한다? 홋. 그건 프로 아싸의 경지에 이르지 못했기 때문인 겁니다. 앞으로도 평생 아싸로 먹고 살 생각이라면, 놀이공원쯤이야 혼자서도 당당하게 갈 수 있어야 하는 겁니다!

비수기 평일 오전에 친구랑 같이 가면 더 재밌지 않느냐는 말은 못 들은 걸로 하겠습니다.

그러면 불초 역자는 이만 도망갑니다. 다음에 또 봐요!

의매생활 3

초판 1쇄 발행 2023년 3월 10일

지은이_ Ghost Mikawa
일러스트_ Hiten
옮긴이_ 박경용

발행인_ 신현호
편집장_ 김승신
편집진행_ 권세라 · 최혁수 · 김경민 · 최정민
편집디자인_ 양우연
관리 · 영업_ 김민원

펴낸곳_ (주)디앤씨미디어
등록_ 2002년 4월 25일 제20-260호
주소_ 서울시 구로구 디지털로 26길 111 JnK디지털타워 503호
전화_ 02-333-2513(대표)
팩시밀리_ 02-333-2514
이메일_ lnovellove@naver.com
ㄴ노벨 공식 카페_ http://cafe.naver.com/lnovel11

GIMAISEIKATSU Vol.3
ⓒGhost Mikawa 2021
First published in Japan in 2021 by KADOKAWA CORPORATION, Tokyo.
Korean translation rights arranged with KADOKAWA CORPORATION, Tokyo.

ISBN 979-11-278-6771-3 04830
ISBN 979-11-278-6510-8 (세트)

값 8,500원